光文社文庫

長編時代小説

さくら道

隅田川御用帳㈩

藤原緋沙子

光 文 社

※本書は、二〇〇八年四月に
廣済堂文庫より刊行された
『さくら道　隅田川御用帳〈十三〉』を、
文字を大きくしたうえで、
さらに著者が大幅に加筆したものです。

目次

伝通院
小石川
白山
神明宮
中山道
駒込
小石川御門
水戸
徳川家
春日町
水道橋
千駄木
御林
駒込追分
加賀
前田家
道灌山
本郷
藍染川
日暮里
霊雲寺
湯島聖堂
湯島天神
神田大明神
茅町
池之端
仲町
不忍池
弁天
妻恋坂
築山藩の上屋敷
谷中本村
根岸
東叡山
寛永寺
下谷広小路
下谷
長者町
外神田
下谷金杉町
御徒町
下谷の
御徒組屋敷
下谷山崎町
三味線堀
向柳原
広徳寺
新寺町
下谷竜泉寺町
幡随院
元鳥越町
甚内橋
玉王寺
千住大橋
阿部川町
新吉原
鳥越橋
御蔵前片町
新堀川
新旅籠町
日本堤
御蔵前通り
東本願寺
御蔵前
御米蔵
浅草寺
小塚原
首尾の松
黒船町
田原町
三間町
浅草広小路
山谷町
御厩河岸之渡し
諏訪町
駒形町
材木町
新鳥越町
新鳥越橋
雷門
花川戸町
聖天町
浅草駒形堂
竹町之渡し
待乳山聖天宮
山谷堀
吾妻橋
今戸橋
今戸町
隅田川
白鬚之渡し
源森橋
竹屋之渡し
向島墨堤
至鐘が淵・綾瀬川
瓦町
中之郷
源森川
三囲稲荷
長命寺
諏訪明神
木母寺
隅田村
北割下水
小梅村
須崎村
向島百花園
向島
寺島村
法恩寺橋
業平橋
小梅村
柳島村
押上村
天神橋
十間川
亀戸天神

『隅田川御用帳』の世界
麹町
番町
千鳥ヶ淵
半蔵御門
田安御門
虎之御門
西之御丸
新シ橋
外桜田御門
雉子橋御門
日比谷御門
和田倉御門
江戸城
一橋御門
猿楽
幸橋
南町奉行所
土橋
北町奉行所
数寄屋橋御門
富士見坂
汐留橋
神田橋御門
呉服橋御門
常盤橋御門
昌平橋
←至品川
三十間堀川
西紺屋町
比丘尼橋
竜閑橋
平永町
濱御殿
水谷町
本銀町
鍛冶町
通新石町
筋違御門
本石町
今川橋
伊沢道場
佐久間河岸
京橋
数寄屋町
築地の浴恩園
西本願寺
木挽町
品川町
岩本町
柳森稲荷
和泉橋
日本橋
室町
大伝馬町
内神田
神田川
楓川
佐内町
本船町
小伝馬町
亀井町
豊島町
弾正橋
八丁堀
海賊橋
江戸橋
道浄橋
通油町
神田佐久間町
金六町
八丁堀組屋敷
堀江町
柳原土手
中之橋
幸町
日比谷町
小網町
思案橋
親父橋
堀江六軒町
長谷川町
富沢町
千鳥橋
馬喰町
亀島橋
日本橋川
横山町
稲荷橋
汐見橋
両国広小路
本湊町
一ノ橋
崩橋
栄橋
浅草橋
船松町
鉄炮洲
高橋
新川
南新堀町
行徳河岸
小川橋
米沢町
佃島
霊岸島
三ノ橋
二ノ橋
箱崎町
浜町堀
十四郎の住む長屋
薬研堀
柳橋
大川端
行徳川
浜町
新大橋
両国橋
石川島
永代橋
尾上町
隅田川
万年橋
一ツ目之橋
元町
熊井町
佐賀町
今川町
上之橋
御船蔵
松井町
松坂町
回向院
横網町
三ツ屋
万年町
海辺大工町
御籾蔵
相生町
御竹蔵
黒江町
橘屋
伊勢崎町
六間堀
六間堀町
亀沢町
越中島
慶光寺
中ノ橋
北之橋
常盤町
松井橋
二ツ目之橋
仙台堀
海辺橋
弥勒寺橋
深川
深川元町
北森下町
小名木川
南割下水
蓬莱橋
五間堀
本所
富岡八幡宮
東平野町
竪川
亀久橋
霊巌寺
雲光院
吉岡橋
吉永町
三ツ目之橋
三笠町
洲崎
木場
新高橋
入江町
横川
猿江橋
南辻橋
北辻橋
北中之橋
西
北
東
南
猿江町
御材木蔵
清水橋
0
1km
横十間川
亀戸村
柳島村

慶光寺配置図

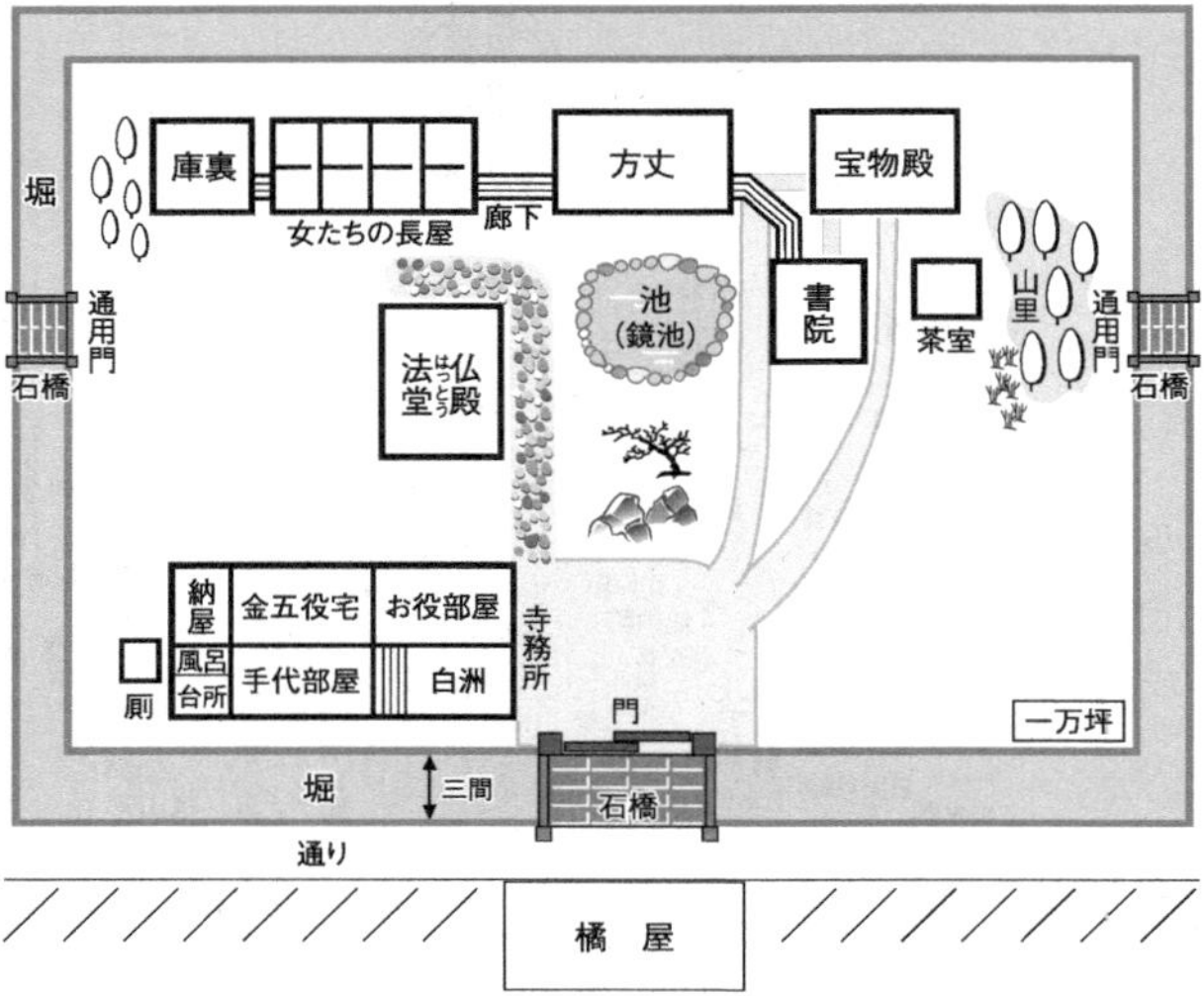

方丈《ほうじょう》　寺院の長者・住持の居所。

法堂《はっとう》　禅寺で法門の教義を講演する堂。他宗の講堂にあたる。

庫裏《くり》　寺の台所。住職や家族の居間。

「隅田川御用帳」シリーズ　主な登場人物

塙十四郎
築山藩定府勤めの勘定組頭の息子だったが、家督を継いだ後、御家断絶で浪人に。武士に襲われていた楽翁（松平定信）を剣で守ったことがきっかけとなり「御用宿　橘屋」で働くこととなる。一刀流の剣の遣い手。寺役人の近藤金五とはかつての道場仲間である。

お登勢
橘屋の女将。亭主を亡くして以降、女手一つで橘屋を切り盛りしている。

近藤金五
慶光寺の寺役人。十四郎とは道場仲間。

秋月千草
諏訪町にある剣術道場の主であり、近藤金五の妻。

藤七
橘屋の番頭。十四郎とともに調べをするが、捕物にも活躍する。

万吉
橘屋の小僧。孤児だったが、お登勢が面倒を見ている。

お民
橘屋の女中。

おたか
橘屋の仲居頭。

八兵衛
塙十四郎が住んでいる米沢町の長屋の大家。

松波孫一郎
北町奉行所の吟味方与力。十四郎、金五が懇意にしており、橘屋ともいい関係にある。

柳庵
橘屋かかりつけの医者。本道はもとより、外科も極めている医者で、父親は千代田城の奥医師をしている。

万寿院（お万の方）
十代将軍家治の側室お万の方。落飾して万寿院となる。慶光寺の主。

楽翁（松平定信）
かつては権勢を誇った老中首座。隠居して楽翁を号するが、まだ幕閣に影響力を持つ。

さくら道

隅田川御用帳（十三）

第一話　さくら道

一

「お結《ゆい》、むこうに見えてきたのは鶴見《つるみ》の里といってな、米饅頭《よねまんじゆう》が名物だ、一服していくか……」

塙十四郎《はなわじゆうしろう》は振り返ってお結を見た。

お結は十四郎が握っている杖の、もう一方の端をしっかりと摑《つか》んでいて、十四郎の声に立ち止まると、憂いを含んだ目でじっと見返した。

お結の表情から喜怒哀楽《きどあいらく》は読み取りにくい。その読み取りにくい目の、ほんの少しの変化を見て、心の中を察しているのだが、ただ、お結がいやいやと首を振らなければ、承知したということだった。

「よし、一息つけて品川《しながわ》まで一気に参ろう。品川に入ればもう江戸は目の前だ」

十四郎が微笑むと、お結は瞬《まばた》きをして応えた。

お結は口がきけないのである。ただ、お結は生まれつき口がきけないというのではなかった。

ある事件に遭遇して口がきけなくなった娘だった。

「うむ……」

十四郎は再びお結を杖ごと引っ張るようにして歩き始めた。

陽射しは柔らかく、街道には枝を張った立派な松の並木が続いているが、並木といっても間隔が開いているため、街道の両側の景色がよく見える。

両側とも辺り一帯はたんぼだった。

そこには蓮華《れんげ》や菜《な》の花《はな》が咲き乱れ、土手道の辻や松並木の間には桜の木が植わっていて、それが五分《ぶ》咲きというところだろうか。うららかな春の景色である。

十四郎がお結に言った茶店はずっとむこう、鶴見川が流れる街道筋の集落にあった。

江戸から京に上るときも、十四郎はそこで米饅頭を食べている。

そう……十四郎は半年ぶりに江戸の土を踏もうというところだった。

懐かしく心がはやるが、一方で思いがけずお結という娘を京から連れ帰ることになって、この先を密かに案じながらの帰路となったのである。

半年前のことだった。

秋も深まったある日、十四郎は『橘《たちばな》屋』のお登勢《とせ》と、『慶光寺《けいこうじ》』の主《あるじ》、万寿《まんじゅ》院《いん》に呼ばれた。

慶光寺は江戸市中で、ご公儀公認の女の駆け込み寺であり、主の万寿院は、十代将軍家治《いえはる》の側室だったお人である。

そして橘屋は、慶光寺の門前で寺宿を営み、駆け込む女たちの背景をすみやかに調べて、慶光寺に入れるかどうかの詮議《せんぎ》をしているが、十四郎は橘屋の仕事を助けている雇われ人だった。

慶光寺には近藤金五《こんどうきんご》という十四郎とは幼馴染みの寺役人が常駐しているが、御用繁多のために、女の寺入りの是非について調べるのは、橘屋の役目になっている。

「頼みたいことがあるのですが……」

万寿院は方丈《ほうじょう》で二人を傍《そば》近くに呼び寄せると、

「今、御用の方はどうなっていますか？　十四郎殿は何か手の放せないことはありますか」

日頃の二人の多忙を知っている万寿院は遠慮がちに聞く。

「はい、池之端《いけのはた》の仏具屋のお内儀おきやさんの一件がありますが、あらかたご亭主と話はついております。寺に入るまでもなく離縁が調いますので……」

お登勢は、お気遣いは無用です、と笑みを浮かべた。

万寿院は頷《うなず》くと、

「これは橘屋やこの慶光寺がかかわるような話ではないゆえ申し訳ないのじゃが、しばらく十四郎殿には京に参ってもらいたいのじゃ……」

「京、でございますか」

お登勢は大きく瞬きをした。思ってもみなかった話だったのだ。

「そうです、京です。ですから、一日や二日という訳にはいかぬ。ひと月とか、ふた月とか、そういう話になるのじゃ」

「十四郎様さえよろしければ、私の方は……」

お登勢は首を回して十四郎を見た。

十四郎は頷いて見せた。

「そうか、すまぬな。実は他でもない。お登勢は知っていると思うが、かつてわたくしが大奥《おおおく》に暮らしていた頃に、祐筆《ゆうひつ》として傍に仕えてくれた京出身の女中がおりました。大奥での名は楓《かえで》と申しましたが、親からもらった名はおさんといいます」

「あぁっ……」

お登勢は膝を打った。思い出したのだ。

お登勢の母親も、万寿院が大奥でお万《まん》の方《かた》として先の将軍から愛情を一身に集めていたころ、傍近くに仕えた人だったのだ。

そういう昔かかわりのあった人たちと万寿院が今も文のやりとりをして、消息を尋ね合っていることは聞いていた。

「おさんは年に二度ほど便りを寄越していたのですが、今年に入ってまだ一度も便りがないのじゃ。心配になっておさんの実家に便りを出したところ、その実家も店が潰れたとかで、音沙汰がない……」

「まあ……確か蠟燭《ろうそく》屋さんでしたね、おさんさんのご実家は……」

お登勢が言った。

「そうじゃ。京では中堅どころのお店《たな》だった筈……何があったのか、ここで案じていても埒《らち》があかぬ。そこで、十四郎殿に京に参ってもらって、おさんに何があったのか、今どうしているのか、元気でいるのかどうか見てきてほしいのじゃ……」

そう言った万寿院の目の色には深い憂愁が見えた。

「承知しました。お引き受け致します」

しっかりと頷いた十四郎だった。

翌日、十四郎は江戸を出立《しゅったつ》した。そして十二日目には京に入っていた。

万寿院から聞いていた下京《しもぎょう》の夕顔《ゆうがお》塚を目当てに、尋ね尋ねておさんの実家にまっすぐ向かった。

夕顔塚というのは、『源氏物語』の夕顔の話から造られた塚である。物語の中で夕顔がこの辺りに住んでいたということにちなんで命名されたもので、そんな女性が実在していたというわけではない。

ただ、光源氏《ひかるげんじ》に愛されながらも、物《もの》の怪《け》にとりつかれて亡くなった夕顔という女性に、後世の人は憧れや哀れを誘われるようで、この塚は名所になっているらしい。

おさんの実家、蠟燭屋の『松葉堂《まつばどう》』は、この夕顔塚を有する庭の隣に店を構えていた。

しかし松葉堂は、同じ蠟燭屋に乗っ取られて、家族は行方知《ゆきがた》れずだと近所の者が話してくれた。

「京の蠟燭は、お寺や神社など全国から引き合いがありますやろ……そやから、競《せ》り合いに負けてしもうてお店を畳むことになったとか言うお人もおりますし、借金がかさんで高利貸しにとられたんやないか、言うお人もおりますし……」

近所に住まいするという中年の女は、声を潜めてそんな話をしてくれた。

「松葉堂には娘さんで、いや、娘といっても四十路《よそじ》に入るかどうかのおさんという人がいた筈だが……」

「へえ、おさんさんなら、紅白粉《べにおしろい》の『京紅屋《きょうべにや》』さんに嫁いだ人でっしゃろ……もう昔の話になりますけど、娘はんの時にはお江戸の、千代田《ちよだ》城の大奥で女中奉公してたんどす」

「そうだ、その人だ」

「それが……」

と、女が突然顔を曇らせて話した中身は、十四郎を驚かせた。

その女の話によれば、おさんが嫁いだ京紅屋は、笹紅《ささべに》でも一級品の品を並べていると評判の店だった。

だが、半年前に何者かに押し込まれて主が殺されると、身の危険を感じたのか、おさんは娘のお結を連れ、どこかに隠れてしまったらしいという。

女は松葉堂の人たちの行方も、おさんの行方も知らないと言った。

困った十四郎は、松葉堂や京紅屋と取引のあった人たちに会い、おさんの消息を聞いて回ったが、

「それが、突然神隠しにあったようにいなくなりましたので……」

と、みんな口を濁すばかり……。

それでも、ときれときれに分かったことは、おさんの実家の松葉堂の老夫婦は宇治《うじ》の鄙《ひな》びた村に引っ越したらしく、京紅屋に事件があった時には、おさんは店の奉公人たちを引き連れて両親の顔を見がてら、宇治の旅籠《はたご》に宿をとり、宇治川遊びをしていたというのであった。

ただ、一人娘のお結は、踊りのおさらいがあって店に残っていたらしいのだが、父親の京紅屋清兵衛《せいべえ》がその夜寝間で胸を刺されて絶命した時には自室にいて難を逃れたということだった。

そしてこのお結という娘は、おさんの連れ子だったという。

何故母と娘は姿を消したのか……それまでの二人を知っている者たちも見当もつかないと言った。

不可解な話だった。十四郎はこのまま江戸には引き返せないと思った。

お登勢や万寿院には、その都度《つど》文で報告はしていたが、年が変わる頃になっても消息が摑めず、このまま京に居つづけるかどうか迷っていると、新年を迎えてまもなく、松葉堂の檀那寺である東山《ひがしやま》の祥光寺《しようこうじ》に、おさんと娘の二人が身を寄せていることが分かった。

十四郎は、密かに寺を訪ねて和尚《おしよう》に万寿院の使いの者だと明かし、おさん親子に会わせてほしいと頼みこんだ。

しばらく庫裏《くり》で待たされたが、寺内にある学寮の一つに案内された。

そこに、色の白い細身の美しい母親おさんと、母親そっくりの可愛らしい娘お結がいた。

寮の土間に立った時に薬草の匂いがしたと思ったら、おさんは病んでいるらしく、布団は畳んであるものの、寝具の上でお結が捧げる薬湯を飲んでいた。

十四郎が二人に万寿院の言葉を伝えると、おさんは居ずまいを正して、

「お懐かしゅうございます。万寿院様のお心遣い嬉しく存じますが、お便りを差

し上げたくても、外となんらかの連絡をとれば、このお結の命が危ないかもしれない、そう思うと、ただただ、息を殺して暮らすしかなく……」

おさんは、そんなことを言い、ほろほろと涙を流した。

「いったいどういうことなのか、話してくれぬか」

十四郎が尋ねると、

「はい……」

おさんは形のよい口元をきゅっと引き締めると、事の次第を十四郎に話したのである。

その話によれば、もう二十年も昔のことだが、おさんは江戸から戻り、三年後に四条《しじょう》烏丸《からすま》にある呉服屋『伏見屋《ふしみや》』の息子啓太郎《けいたろう》と一緒になった。

伏見屋では、おさんを大奥に奉公した娘だというので最初のうちは大喜びで迎えてくれたものの、そのうちに姑《しゅうとめ》は、疎《うと》んじるようになった。

おさんの江戸かぶれが鼻につくのだと近所に愚痴《ぐち》をこぼしていたらしいが、本当のところは、おさんが産んだ子が女の子で、啓太郎が外に囲っていたおますという女が産んだ子が男の子だったことが疎んじられるもとだった。

跡継ぎの産めない嫁だと、姑はことあるごとに嫌《いや》みを言うようになった。

おさんが勘弁ならなかったのは、夫の啓太郎が少しもおさんを庇《かば》ってくれないことだった。

ただ、黙って姑の言うに任せている啓太郎におさんは我慢ならなくなり、ついに自分の方から離縁を口にした。

離縁はすぐに決まった。

伏見屋の姑は、出ていくのは勝手だが、子供だけ置いて出るようにと迫ったが、おさんは意地でも自分で育てると決心して、三歳になっていたお結を連れて実家に戻った。

だが、その実家も兄夫婦の代になっていたために、おさんは内心肩身の狭い思いをして暮らすことになった。

実家に暮らすようになって一年が過ぎた頃だった。

おさんを見初《みそ》めて妻に欲しいと言ってきた人がいる。

それが、四条の河原町《かわらまち》通りにある間口は狭いが、紅白粉で有名な京紅屋という店の主清兵衛だった。

清兵衛は一代で京紅屋の店を築き上げた男だったが、少しもおごったところがなく、伏見屋の人たちのように、世間に対する見栄《みえ》もない好ましい人物だった。

「東山のさるお寺でおさんさんをお見受けしました。一目で惹《ひ》かれて後を尾《つ》けましたところ、松葉堂のお人だと知りました。ええ、昨年伏見屋さんに離縁されたことも存じております。可愛いお結ちゃんのいることも……全て分かってお願いしているのでございます」

清兵衛はおさんの両親と兄に、そう言ったのである。

啓太郎は、生粋《きっすい》の京男だったが、清兵衛は言葉からも察せられるように入り人《いびと》だった。京で入り人というのは、他所《よそ》から入ってきた人で、生粋の京の人ではないという意味である。

それが両親には少しひっかかったようだった。

「あの人は入り人や」という言葉の中には、他から来た人に対する蔑《さげす》みとか、敬遠の意味が込められている。

しかし清兵衛自身はそういったことには頓着《とんちゃく》のない人間で、自分を人がどう見ていようが、卑屈《ひくつ》になったり、ことさら反目するでもなく、さらりと流して京で暮らしている、磊落《らいらく》な人だと両親や兄やおさんは感じていた。

また、啓太郎が優男《やさおとこ》だったのに比べると、清兵衛は彫りが深く目鼻は整っているものの、色は黒く骨太で強面《こわもて》の面相といってよかったが、ふとした折に、その表情に影が射すことがあった。どこかに影が漂うような人だった。

紅白粉の店の主としては、うってつけの容姿とはいえなかったが、二、三度会ううちに、内心は誠実で心優しい男だとおさんは思った。

その年におさんはお結を連れて再嫁したが、想像した通り、清兵衛は優しい男だった。

おさんはむろんのこと、お結も可愛がってくれ、お結も本当の父親のようになついた。

それから十一年、三人は幸せな家族として暮らしてきた。

その幸せを突然壊したのは、予想もしなかった押し込み強盗だった。悪賊は清兵衛を殺し、店の金箱や奥の金庫から合わせて五百両近い金を盗み、店に火をつけていったのである。

幸い店は焼失することだけは免《まぬか》れましたが……と、おさんはそこまで話し終えると、

「恐ろしかったのは、町奉行所のお役人から、確かに金は奪われているが、やり口からして夫を殺したのは恨みによるものではなかったかと言われたことです。もし、そうなら、私たちも命を狙われるかもしれないと……まさかとは思いまし

たが、ひと月も経たないうちに、お結が鴨川《かもがわ》で何者かに後ろから川に突き落とされそうになったのです」

恐怖の目で十四郎を見た。

「何者かということは、相手の見当もつかぬのだな」

「ええ。その晩は川開きがありまして、事件以来ふさぎ込んでいるお結を慰めてやりたいと、踊りの師匠《おっしょ》さんがお結を誘い出して下さったんです。そしたら……お結が命を狙われたと聞いて、もう肝《きも》がつぶれました。それで、お店も人の手に渡して、こちらのお寺を頼って参ったのです」

おさんは深く息を吐《つ》いて肩を落とした。

さらにおさんは、じっと考えた後、

「十四郎様、お結は私にもお役人にも何も申してはおりませんが、どうやら夫が殺されるところを見たのではないかと……」

「なに……」

十四郎が驚いてお結を見ると、お結は真っ青な顔をして俯《うつむ》いた。

「十四郎様、その子は口がきけないのです。いえ、きけないようになったのです」

「……」

「昔からというのではありません。あの事件があってからなんです」

「そのこと、町奉行所の役人は知っているのだな」

「ええ、でも、この子は何を聞かれても、うんともすんとも言いません。反応が少しもないものですから、お役人も業《ごう》を煮やして……」

「しかし、文字なら書けるのではないのか」

「ええ……でも、それも」

「駄目なのか」

　おさんは哀しそうに頷いて、

「あれほど本を読むのが好きでしたのに……私の実家が『源氏物語』に出てきます夕顔の住んでいた辺りということもありまして、特に古典ものを好んで読んでおりました……それが、文字も忘れてしまったのかと案じられてなりません。なんとかお結にはもとの元気を取り戻してもらいたい、そう願っております。でも、私がこのような体では、何もしてやることができません」

　おさんは、唇を嚙んで俯いた。

「ふむ……」

十四郎は心細げなおさんの顔から目を転じて部屋を見渡した。

美しい母と娘が暮らすには、事情が事情とはいえ殺風景な部屋である。

察するに、身を隠すのに精一杯で、着替えや身の周りの物も、この仮の宿まで持ち出せなかったものとみえる。

——この母子がもとの暮らしに戻るには、亭主を殺した下手人を捕まえることしかないかもしれぬな……。

十四郎が思案の目をおさんに向けると、

「お願いがございます」

とおさんが言った。

その願いというのが、お結を江戸に連れ出してもらえまいかということだった。

伏見屋の江戸店が日本橋《にほんばし》にある。その伏見屋の主、啓太郎はお結の実の父である。

今や啓太郎は店の主となって、京と江戸を行ったり来たりしているし、江戸店を任せられている番頭の太兵衛《たへえ》は、おさんが伏見屋にいた頃に、姑に知られぬようにではあるが、唯一庇ってくれた人である。

その太兵衛にお結を託せぬものかというのであった。

「お店の沽券《こけん》を手放した時のお金がありますす。太兵衛には迷惑のかからぬほどの金子《きんす》は持たせます。清兵衛を殺した者が捕まれば、またこの京に呼び戻して一緒に暮らしたいと存じます」

おさんは十四郎に手をついた。

その後、母を置いて旅立つことに抵抗したお結を説き伏せるのに時間がかかり、京を出たのは節句も過ぎた三月半ばだったのだ。

二

「お結、どうだ。米饅頭は旨《うま》かったろう」

十四郎は鶴見橋を渡りながら、先ほどまで二人で腰かけて茶を飲んでいた茶店を振り返った。

お結は、こっくりと頷いた。

色白の、目の黒々とした美しい娘である。

もとのようにしゃべれるようにさえなれば、さぞかし魅力のある娘になるだろうと思うのだが、口がきけなければ、それはそれで、一つ一つの危なげな動作が、十四郎には愛《いと》おしく見える。

なにしろ二人で旅をして今日で十三日目だ。

初めは極力無反応を装っていたお結が、近頃では、何かの会話の拍子に、ふっと笑みを浮かべるまでになっていたのだ。

――お結も、お民《たみ》や万吉《まんきち》に会えば気も安らぐに違いない。

橋屋のみんなに会わせられるのももうすぐだと、お結を引っ張るようにして道を急ぎ、品川に入って高輪《たかなわ》の大木戸が遠くに目に入った時、

「お登勢殿……」

十四郎は大木戸の手前にある茶店の腰かけから立ち上がった女を見て呟《つぶや》いた。

行き交う旅人で、その姿は遮《さえぎ》られてはまた現れるが、立ち姿のしっとりとした、千種《ちぐさ》色地の着物をまとったその人は、紛《まぎ》れもなくお登勢だった。

「十四郎様！」

お登勢の傍で伸び上がって手を振りながら、大声を出しているのはお民である。

十四郎も手を上げて応えた。

「お帰りなさいませ」

お登勢の迎えの言葉に、十四郎は眩《まぶ》しい目を向ける。

「長い留守となったが、皆に変わりはないか」

「はい。まずは何事もなく……」

「それは良かった」

十四郎は後ろを振り向いて、戸惑いの顔で立っているお結の腕をとって引き寄せ、

「お登勢殿、この娘がお結だ。よろしく頼む」

お結を自分の前に立たせて紹介した。

お結を連れ帰ることは、その事情も含めて、万寿院とお登勢には知らせてある。

お登勢は、恥ずかしそうな顔をして目を伏せたお結の視線に合わせるように身を屈《かが》めて言った。

「十四郎様からお聞きしていると思いますが、橘屋の登勢です。万寿院様もあなたの来るのを心待ちにしておりますよ」

するとお結が、こくりと頷いたではないか。

お登勢は、ほっとした顔で十四郎に視線を戻して微笑んだ。

十四郎も胸をなで下ろした。

誰になつかなくても、お登勢にだけは心を開いてもらいたい。そうでなければ

橘屋で暮らすのも、その先の暮らしも難しいのではないかと考えていた。

だがさすがお登勢だと思ったのは、十四郎がこのふた月ほどお結と心を通わせるために随分苦労をしたというのに、お登勢はあっという間にお結の心を摑んだようだ。

今度はお民が言った。

「お結さんですね。私はお民、仲良くして下さいね。何でも遠慮なく頼って下さい」

ちょっぴりお姉さんぶるお民に、お結ははにかんだような笑みを浮かべて頷いた。

それを見たお民は、よかった……というように胸に手を当てて、十四郎とお登勢に視線を走らせた後、すっと手を伸ばしてお結の手を握った。

「行きましょう」

お民はお結の手を引いて歩き始めた。

「十四郎様」

お登勢は、すぐ近くで暖簾《のれん》を靡《なび》かせている小料理屋に視線を送ると、

「軽くお食事をしてから宿に戻りましょう。席を取ってありますから」

艶《あで》やかな笑みで誘った。

「それで、おさんさんの病状はいかがですか」

お登勢は、食後の茶を喫すると、その茶碗を膳に戻して十四郎を見た。

お民とお結は、食事が終わると小料理屋の外に出た。

表で猿回しが始まるらしく、小太鼓が鳴り、口上が始まったからである。

猿回しは、江戸を出て他国に向かう者か、あるいは江戸に入ってきたところなのか、賑《にぎ》わいの著しいこの地でひと働きしようと思ったに違いない。

口上は、ちょうど小料理屋を出た辺りらしく、人のがやがやと集まってくる気配が、お登勢が席を設けた二階の座敷にもよく届いた。

それでお民は早速お結を誘ったのだ。

お結は首を横に振るかと思ったが、物珍しかったらしく、お民と一緒に部屋を出ていったのである。

お登勢は、それを見届けてから、おさんの話を切り出したのだ。

「うむ。随分良くなったようだ。床上げもして、庭の掃除ぐらいならできるようになったらしい」

「良かった。万寿院様も、どれほど心配なさっていたか……」

「いずれにしても、亭主を殺した下手人が捕まれば、隠れて暮らすこともないのだろうが……」

「そのことですが、十四郎様からご覧になって、いかがでしたか……清兵衛さんは怨恨で殺されたということでしたが……」

「そうだな、町奉行所の言っていることも無視できぬと思ったのだ」

「と、申しますと、やはり怨恨の線が固いんですね」

「ひとつには、清兵衛がその者を家に招き入れたのではないかと言われていることだ」

「すると、顔見知りですか」

「それが、町奉行所の言うのには、京の清兵衛の知り合いを当たってみたが、恨みを持っているような者はいないらしい」

「お客様の中にも」

「見あたらなかったようだ」

「………」

「どうも清兵衛という人は土地の人ではなかったらしい。言葉の訛《なま》りなどから、江戸者じゃなかったかと言われているのだが、おさんに聞くと、昔江戸に暮らしたことがあるらしいという程度で、京に暮らすようになるまでのことは少しも分かっていないのだ。俺はその辺りが分かれば、事件も解決すると思うのだが……」

「じゃ、お結ちゃんの一件も、やはり命を狙われたと……」

「分からん。おさんの心配が過ぎているのかもしれぬ。ただ、おさんの推測するように、お結が父親を殺した者を実見《じつけん》したのなら、命を狙われても不思議はない」

「そう……では京を離れたからといって油断はできませんね」

「そういうことだ。しばらく目が離せぬ」

と言ったその時、表で悲鳴が上がった。

「何だ……」

十四郎とお登勢は、思わず顔を見合わせた。

そこへ、

「たいへんでございます。お客様のお連れの方が……」

仲居が階段を飛んで上がってくると、外を指して、わなわなと震えて言った。

十四郎とお登勢は、最後まで聞かずに表に飛び出した。

「お民ちゃん」

「お結」

二人が叫びながら人垣をかき分けて中に入ると、その輪の中に蹲《うずくま》って右腕を押さえたお民を、泣きながら介抱するお結の姿があった。

猿回しも、その猿も、そして集まった客も、何事が起きたのかときょとんとしている。

「お民、どうした」

十四郎が傍にしゃがんだ。

「何がなんだか……黒い笠で顔のはっきり見えない薄気味悪い人が、皆さんをかき分けて私たちの方に近づいてくるのが見えたので、私、とっさに、お結ちゃんを庇うように、お結ちゃんの前に立ったのです。そしたら腕に痛みが走って、思わず悲鳴を……」

「その者は……」

十四郎は立ち上がって、周囲を見渡したが、そのような者の姿は見当たらない。

「あっという間に、どこかに消えてしまって」

お民は言い、顔をゆがめる。

取り巻いている旅人たちも、ざわざわと小声で囁《ささや》き合うだけで、黒い笠の者が逃げていったのに気づいた者はいないようだった。

「お手数をおかけしますが、お医者様を呼んでいただけませんか。大事はないと存じますが、お願いします」

お民の腕をきつく縛ったお登勢は、輪の中に入ってきた小料理屋の番頭に言った。

三

江戸に着いたお結が万寿院と対面したのは、翌日のことだった。

お結は、お登勢と十四郎につき添われて慶光寺に入ったが、広大な庭に芽吹く春の訪れに心が和《なご》んだのか、頬にいくぶん娘らしい華やぎが戻っていた。

慶光寺には大きな池がある。

冬の間は鷺《さぎ》や鴨《かも》がやってくるが、まだ残り鴨も泳いでいるし、大きな鯉《こい》が悠然と泳ぎすぎるのを見て、ときおり立ち止まってお結は口元に笑みを湛《たた》えて眺めていた。

言葉を失っているとはいえ、母親はもとは大奥の女中だった人である。

躾《しつけ》が良く行き届いているとみえて、方丈に入って万寿院を待ち受ける間の座した姿勢、また、万寿院が入室してきた折に手をついて頭を下げたその姿勢には、一夜では身につかぬ行儀のよさが垣間《かいま》見えた。

「万寿院様じゃ。お結、頭を上げなさい」

万寿院につき従って入ってきた春月尼《しゆんげつに》が声をかけると、お結はゆっくりと顔を上げた。

「おお、楓にそっくりじゃ。お結、近《ちこ》う」

万寿院は懐かしそうにお結を見て促した。

「お結ちゃん」

お登勢が手をとって、お結の膝を前に進ませる。

「ようきた、お結……」

万寿院は、戸惑っているお結の手を引き寄せて掌に包むと、

「もう案ずることはない、ここにいる者は、みんなそなたの味方じゃ」

お結の目を覗《のぞ》いた。

「……」

お結は、しばらく黙って包んでもらった手に目を落としていたが、大粒の涙を零《こぼ》すと、濡れた瞳で万寿院を見た。

万寿院は優しく頷くと、

「よいよい、この万寿院を母代わりと思ってな、なんでも相談するがよいぞ。そうそう、母といえば、そなたの母のおさんは体を病んでいると聞きましたが、大事ないのかえ」

お結は、小さく頷いた。

「そうか、それはなにより……お結、そなたもこの万寿院の近くでゆっくり養生して、それから先のことを考えればよい。他ならぬ楓の娘じゃ。この万寿院には遠慮のう……そうそう、ここにいる春月尼もそなたの母とは一緒に暮らしたことがあるのじゃ、そしてそなたの傍にいるお登勢の母もまた、わらわの傍にいてくれた人だった。ここにいればお結、そなたにとって百人力じゃ」

万寿院は、ほっほっと笑って、お結の心を元気づけようと心を尽くす。

お結もそれが分からない娘ではない。

身を固くしながらも、万寿院には全幅の信頼を寄せているのがよく分かる。

おそらくそれは、おさんがことあるごとに、万寿院と過ごした昔を話して聞かせていたからに他ならない。

「万寿院様、お結ちゃんは橘屋でしばらく預かりまして、健康を取り戻したところで、次のことを考えたいと思っています」

お登勢が横合いから口を添えた。

「すまぬな、お登勢。この慶光寺に入ってもらって春月尼の手助けをしてもらっても良いのだが……よしなに頼みますぞ」

万寿院は念を押した。

方丈を下がろうとしていた時だった。

「おい、十四郎」

寺役人の近藤金五が顔を出した。

金五は固い表情をしている。

「何かあったのか」

十四郎は、お登勢とお結を先に帰して金五と二人、鏡池《かがみいけ》のほとりに立った。

「他でもない。お民が品川で襲われた一件だ」

「うむ。何か分かったのか」

「それだが、おぬし、品川に入るまで誰かに尾《つ》けられていたのではないか」

「いや……」

「宿場役人の話では、宿場の外れの草鞋《わらじ》屋の婆さんが、お前たち二人の背を睨むようにして店の前を通り過ぎた男を見ていたというんだ」

「まことか」

「ああ、その者は、黒い笠を被っていたようだ」

「……」

そういえば……その草鞋屋かと思うが、お結の草鞋が傷んだために、十四郎は立ち寄って一足買い求めている。

「町人だったそうだ。目の鋭い、陰気な感じのする、四十五、六の男だったと……」

「四十五、六だと……」

十四郎は、鋭い目で見返した。
四十五、六だとすれば、殺された清兵衛と年齢が近い。
「このことはお結には言えぬが、どうやらお結が狙われているのは間違いないな。お民はお結の代わりに刺されたのだ」

「………」

「お結はおさんの言う通り、下手人の顔を見ているな、十四郎」

「おそらく」

「だったら、何故そのことを言わぬ」

「何か事情があると俺は見ている」

「困ったことになったな、十四郎。万寿院様には申し上げられぬが、いつ駆け込みの御用が生じるかもしれぬのだ。それなのに厄介な仕事をわざわざ京から持ち込んできて……」

「かといって放ってはおけぬからな」

「むろんそうだが……十四郎、お結から目を離すな」

金五は連れてきたお前の役目だといわんばかりに言い、厳しい目でちらと見た。

そのお結は、万寿院に会った翌日、熱を出した。

お登勢はお結に、しばらく寝ているように言い聞かせ、ちょうどお民の包帯替えにやってきた柳庵《りゅうあん》にお結の診察を頼んだが、お結の部屋からお登勢の部屋に引き揚げてきた柳庵は、

「お登勢殿、風邪ですね。長い間の緊張からほっとして、その気のゆるみが病を引き起こしたのかもしれません。でも慌《あわ》てなくても大丈夫、こちらに置き薬をしてあるでしょ、その中から熱冷ましの薬を煎《せん》じて飲ませて下さい」

手を盥《たらい》ですすぎながら、お登勢に告げた。

だがすぐに、十四郎がやってくると、

「まあ……いつ帰ったのですか」

女のような裏声で、感激の声を上げた。

「一昨日だ。久しぶりだな、柳庵」

「京のお土産は？」

「そんなもの、あるわけないだろう」

「冷たいのね……でもいいわ、会いたかったわ。ねえ、お登勢殿。お登勢殿も私も首を長くして待ってたんですよ」

恥じらいもなく言う。

「先生」

お登勢は、照れくさそうな顔をして微笑んだ。

「ねえねえ、今日、いかが？……『三《み》ツ屋《や》』でやりましょうよ、帰ってきたお祝い」

柳庵は、くいっと飲む真似をしてみせる。

「せっかくだが、そうもしておれぬのだ」

十四郎は、そっけなく答えた。

「いじわるねえ。ねえ、お登勢殿」

「そんなことではないのだ、柳庵」

「じゃあ何よ、私が奢《おご》るわよ」

「実は、柳庵先生にも協力を頼みたいと思っていたところだが……」

十四郎が、掻い摘んでお結が口がきけなくなった経緯を告げると、

「ああ……」

柳庵は、あら、そのことかというように首を縦に振り、

「私が診《み》たところでは、言葉を発せなくなったのではないと思いますよ」

顎《あご》を引いて、さも自分の診立てに自信ありげに、くいっと十四郎を見た。

「どういうことだ、柳庵……」

「故意にね、そうしているんじゃないかと……」

「何……すると何か、本当はしゃべれるのに、しゃべれない振りをしているの

か」

十四郎は、お登勢と顔を見合わせた。

「そういうこと……あの子、とても意志の固い子ですね。口をききたくない、そう決めたら押し通す……でもそうしているうちに、本当にしゃべれなくなってしまうこともあるのです」

「すると、なぜ口をききたくないのか。それだな、鍵は……」

「そういうこと……きっと何か、しゃべりたくないことがあるのでしょうね」

「十四郎様……」

二人の会話を聞いていたお登勢が不安げな表情を向けた。ふと何かを思い出したようだった。

「まさか、お結ちゃん、父親を殺した人が誰なのか知っていて、それで口を閉ざしたのでは……」

「うむ……」

十四郎は組んでいた腕を解くと、

「まさかとは思うが……俺もそれを考えないわけではなかったのだが……まっ、もうしばらく様子を見るしかあるまい」

「ええ……」

二人の胸には、小さな肩におさまりきれない重い荷物を背負いこんだお結の姿が痛々しく思える。

いつまでその荷を一人で背負っていこうというのか……十四郎が沈思《ちんし》して茶を啜《すす》っていると、玄関が急に賑やかになり、荒い足音が近づいてきて、

「十四郎は来ておるな」

金五が北町奉行所吟味方与力《ぎんみかたよりき》の松波孫一郎《まつなみまごいちろう》と入ってきた。

「これは松波さん」

「やあ、元気そうで。半年も江戸を空けて、どうしているのかとみな案じていたのだが」

松波はにこにこ笑って座り、お役目で金五に会いに来たところ十四郎が帰ってきたと聞き、立ち寄ったのだと言った。

だがすぐに顔を曇らせると、

「お民が何者かに刺されたと聞いたが、大事ないのか」

お登勢に聞いた。

「ええ、もう、すっかり」

「それは良かった。近頃は訳もなく娘の着物を切り裂いたりして喜ぶ輩《やから》が出没している。気をつけることだ」

「ありがとうございます」

お登勢は手際よく、茶を淹《い》れて勧める。

「ではせっかくだ、お茶だけ頂いて帰るか」

「相変わらず忙しいようですな」

十四郎が聞くと、

「近藤さんにも話したのだが、昨年の春に島を抜けた男たちがいる。八丈島《はちじょうじま》を抜けたのだ。浪人一人、町人が二人……」

「ほう、どんな罪科《つみとが》の者たちだ」

「浪人は無銭飲食を咎《とが》めた飯屋の親父と、親父に荷担した客の一人を斬り捨てた罪だ。名は玉田久十郎《たまだひさじゅうろう》という。町人の方は、一人は為蔵《ためぞう》、もう一人は兼一《けんいち》という、二人とも賭場《とば》狩りで捕らえた者だが、いずれも島の暮らしが五年前後の者ばかり。島の漁師の船を盗んで島を抜け、伊豆《いず》の海岸に流れ着いたのだが、為蔵と浪人者はいまだ行方は分からぬままだ。兼一は昨年の暮れに深川《ふかがわ》の賭場で厄介を起こしたところを捕まっている」

松波は、茶を喫すると茶碗を茶托《ちゃたく》の上に戻して、

「ところがその兼一という男、今度は島送りなどでは済まぬ、斬首刑になると思ってか、意外なことをしゃべり出したのだ」

「意外なこと……」

十四郎の問いかけに松波は苦笑を浮かべて、

「俺は、十五年前の地震の時に、神田《かんだ》の袋物屋『菱《ひし》屋』の主を殺して金を奪った二人組を知っているとな」

「まあ……」

お登勢は、茶を淹れ替えていた手を止めると松波を見て、

「命乞いをしてきたんですね」

「そういうつもりだったろうが、私は相手にしなかったのだ。でまかせということもある。そしたら、べらべらしゃべり出したその内容を聞いて驚いたのだ。実際犯行を行った者から聞いていなければ知り得ない話を口にした。奪った金も三百両と合っている」

「そうか、島を抜けた仲間に、その者がいたというのか」

「さよう。兼一の話では、為蔵という男がその片割れだと……為蔵は、当時小間《こま》

物屋《もの》の手代《てだい》だった文吉《ぶんきち》という男と、遊ぶ金欲しさにやったのだと……」

「……」

「その文吉は今上方《かみがた》にいて、為蔵は文吉からなにがしかの金を取るために文吉に会いに行ったというのだ」

「松波さん、それはいつの話ですか」

「去年の春頃だな、島抜けした為蔵は、下田《しもだ》で兼一と玉田という浪人者と別れて、そのまま上方に向かったらしい」

「……」

「そういうことでな、文吉の消息を調べているところだが、どこの小間物屋の手代だったのか、小間物屋といっても江戸は広い、捜すのに難儀しているのだ」

松波はそう言うと、

「また改めて……」

心残りな顔をして、早々に腰を上げて帰っていった。

四

「ごん太《た》、駄目だって……よく嚙んで食べないとお腹をこわすぞ」

裏庭から万吉のはしゃいだ声と、それに呼応してごん太の鳴く声がする。

すると、

「あんたが甘やかすから言うこと聞かなくなったんじゃない」

今度はお民の声だ。

お民はあれからすっかり元気になっている。包帯はしているが、店の仕事もたいがいのことはできるようになった。

「お結姉ちゃん、撫でても大丈夫だよ、撫でてごらんよ」

万吉の労《いたわ》るような声がする。

お結はようやく熱がさめて、今日はお民に誘われて庭に下りている。

庭にある桜が七分咲きになり、お民はそれをお結に見せてやりたかったようだ。

お登勢は庭の様子を聞きながら、座敷で赤い椿《つばき》の花を活けていたのだが、十四郎がやってくると、その手を止めて座り直し、

「いかがでしたか」

心待ちにしていたようにさっそく聞いた。

「うむ、太兵衛は亡くなっていたぞ」

十四郎は座るなり言った。

十四郎は、日本橋にある伏見屋の江戸店に、店を任されている太兵衛に会いに行っていたのだ。

お結はしばらくは橘屋で預かることに決めているが、病状が良くなった時には、どうあれ、一度お結の今後を太兵衛に相談しておいた方が良いだろうと考えてのことだった。

「亡くなったって……いつのことですか」

「一昨年のことらしい」

「では、おさんさんはそのことをご存じなかったのですね」

「らしいな。今の江戸店を仕切っているのは松之助《まつのすけ》という者らしい」

「そう……じゃ、お結さんのことは、いざとなっても力にはなってもらえないということでしょうか」

「松之助の言うには、本店の、つまり京にいる旦那様にお伺いした上ならと

「……」

「年に何回かは江戸に来るそうだ。その時に一度会ってもらってもいいのだが、とにかく私の勝手にはできませんとな」

「何という言いぐさなんでしょうね……分かりました。いくら何でもお結ちゃんは伏見屋の、紛れもない娘さんではありませんか」

お登勢は腹立たしそうに言った。

その時だった。

「お結姉ちゃん、こっちだ、こっちに土筆《つくし》が生えてるよ」

「万吉、誰が一番たくさん摘むか、競争だから……たくさん摘んだらお客さんにも出して、私たちも頂けるんだから」

「分かってらぁ」

「何を偉そうに、ねえ、お結ちゃん」

お結を仲間に引き入れようと、恒例の土筆摘みにはしゃぐお民と万吉の声が聞こえてきた。

二人の声は明らかに弾んでいて、傍にいるお結もまた、楽しそうにしているのが目に見えるようだった。

それだけに、

「不憫《ふびん》なお結ちゃん……」

お登勢は胸を詰まらせた。

「お登勢様、ちょっと……」

番頭の藤七《とうしち》が急ぎ足でやってきて膝を落とすと、

「予約のお客様で、ほぼ部屋はいっぱいなんですが、どうしても一泊頼めないかという旅人さんが飛び込んで参りまして。名は儀之助《ぎのすけ》さんとおっしゃるんですが、商いのために初めて江戸に来たとか申しまして……」

「お部屋はもう一部屋もないのですか」

「一階の、予備の小部屋が一つあります」

「じゃあ泊めてあげなさい」

「はい」

と言いながら藤七は、

「お登勢様、こんなことを言ってはどうかと思いますが、人相の良くないお人で」

「藤七……」

「分かっています。お登勢様のおっしゃることは……でもこれは私の勘ですが、何かあってはと……そういう雰囲気を持ったお人です。かといって断れば、無理難題をふっかけられそうな気も致しますし……」

藤七は二の足を踏み、お登勢の意を聞いても尚、決めかねている。

「十四郎様、いかがでしょう。今夜こちらにお泊まりいただけませんか」

お登勢が手を合わせる。

「分かった。藤七、どんな男か見ておこう」

「ありがとうございます」

藤七は、ほっとして立ち上がった。

十四郎もすぐに立ち上がって玄関に向かった。

帳場の陰から、藤七が応対している客の顔を盗み見た。

客の装いは商人のそれだった。

だが、その言葉遣いには、商人とは思えぬ粗暴さが見え隠れしていたし、言葉も上方といいながら、江戸の地で暮らす人たちの言葉に近かった。

しかも、男の肌は黒く灼《や》けていた。目の色は暗く、鋭い光を放っていて、頬は痩《こ》けている。

その男の顔にも体にも、獣を追っている時の険しく酷薄なものが漂っていた。

――藤七が心配している通り、ただ者ではないな。

十四郎は、仲居の後について部屋に行く男の顔を、じっと見送った。


十四郎の懸念《けねん》は、まもなく本当のものになった。

予約の客が次々と橘屋に入り、仲居や女中たちも慌ただしく廊下を行き来するようになったころ、庭でごん太の激しい鳴き声がする。

廊下に出て覗いてみると、儀之助が庭に立っていた。

儀之助は桜を眺めていたのではない。庭の景色を背にして、客室に目を走らせている。

「おたか……」

十四郎は通りかかった仲居頭《なかいがしら》のおたかを呼び止めると、

「部屋に戻るように……」

庭にいる儀之助を目顔で指した。

「あら、あの人、さっきは宿の廊下をうろうろしていたんですよ」

おたかは怪訝《けげん》な顔で言う。

「何をしていたのだ」

「それが、厠《かわや》はどこだって……」

「……」

「なんだか薄気味悪くって」

おたかは言いながら庭に下り、儀之助に二言三言伝えている。

男は素直に聞き入れたようだった。

だが、おたかが先に内に引っこむと、ふっと笑ったのだ。その笑みにはぞっとするような冷たさがあった。

おたかも引き返してきて、

「どうして家《うち》に泊まったんでしょうね」

後ろを振り返って、儀之助の去った庭を見た。

おたかの疑問は、他の女中や仲居も感じたようで、十四郎がお登勢の部屋に入ると、

「商いのためにやってきたのだと言いながら、あれから一度も宿を出ていないようですね」

お登勢も不審を抱いていた。

まもなくだった。

お民が、お登勢の部屋に駆け込んできた。

顔は真っ青である。

「どうしました」

「お、お、お登勢さま。あの人、なんとなく、品川で私に近づいてきてこの腕を刺した男じゃないかと」

「ほんとなの……」

お登勢は顔を強張《こわば》らせて十四郎と見合わせる。

「何故そのように思ったのだ」

「はい。ばったり廊下ですれ違ったんですが、怖い目でちらりと私を見たんです。そして、急に自分の部屋に入っていったんです。逃げるように……」

「……」

「なんだろうと私もいっときぼーっとしていたんですが、はっと気づいたんです。そうだ、あの襲われた時と同じ臭いだ、あの人だって……」

「どんな臭いだ……」

険しい顔で十四郎が聞いた。

「はい。強い煙草《たばこ》の臭いでした。煙草といったって色々あるんでしょうが、体に染みついたきなくさーい生ぐさーい臭い……言葉では説明できませんが、私を襲った人と同じ臭いでした」

「そうか、分かった。お民はもうあまり部屋から出ぬほうがいいな。それからお結にも部屋から出るなと伝えなさい」

十四郎は言い、若い衆に儀之助の部屋を見張るよう言いつけた。

――考えられることは……。

儀之助が品川でお民を刺した男だとすると、お結の養い親の清兵衛を殺し、その現場をお結に見られたと知って追ってきた凶悪犯かもしれぬのだ。

用心に越したことはない。用心して何もなければそれでよし……と思っていたが、事はそれだけでは収まらなかった。

儀之助を包んでいる不気味な雰囲気は、他の女中や仲居も察知したらしく、儀之助の部屋に食事を運んだり酒を運んだりするたびに、

「こっちを見た目が血走ってるの」

とか、

「手がごつごつして、まるで漁師でもしていたような」

とか囁きあって眉を顰《ひそ》め、女たちの仕事の手も鈍《にぶ》る。

そのうち、仲居のおみなという女が、

「あのお客さん、右手の小指、半分ほどしかないんですね」

などと知らせに来る。

お登勢が女たちに、何か気づいたことがあったら、逐一教えなさいと言っておいたからだ。

「あの人、近頃京から来た子はいないのか、なんて聞くんです」

お登勢に告げた。

お結については、お登勢が口止めしていたから、おみなも儀之助の問いには白《しら》を切り通したらしいが、お登勢は凍りつくような思いで、おみなの報告を聞いていた。

――とはいえ、お結ちゃんに知らせて要らぬ恐怖を抱かせては……。

お登勢はおみなの口を封じたが、不安は募《つの》る。

「十四郎様、今夜は寝ずの番になりそうです。申し訳ありません」

十四郎が頼りとお登勢は手を合わせる。

「そのつもりだ」

十四郎は頼もしく頷くと、お登勢の部屋を出た。


その頃お結は、部屋の中で震えていた。

宿の空気の異変を感じないお結ではない。

庭のざわめきが聞こえた時、お結は障子の隙間から外を覗き、そこに忘れもしない男の顔を見たのである。

──あの男だ、おとっつぁんを殺した人だ。

しかし何故、こんな所にあの男がいるのだと、障子の戸を閉めてその場に座り込んだ。

──お民さんを刺したのも、きっとあの男だ。

あの時、品川で猿回しを見ていた時、おとっつぁんを殺した男の臭いが、一瞬だが自分に近づいてきたのを感じて、お結は心臓が止まるかと思ったのだ。

お結は壁に体をくっつけるようにして蹲った。

目を瞑《つむ》って耳を塞《ふさ》いだが、一年近く前の恐ろしい出来事が、お結の脳裏に蘇った。

それは春まっさかりのある日のこと、母のおさんが奉公人たちを連れて宇治川に船遊びに行った時のことである。

奉公人といっても飯炊きの婆さんを入れても五人、当初は父親の清兵衛もお結も一緒に行く筈だったのだ。

ところが清兵衛が、急用を思い出したので行けなくなったと言い出した。ちょうどお結も踊りのおさらいがあって行くのを止めた。

半月先には踊りのお披露目《ひろめ》があり、お結は誰にも負けたくなかった。特に父親の清兵衛には褒《ほ》めてもらいたくて稽古に励んでいるお結である。

お結は清兵衛が義理の父だということは、母が再縁した時から知っている。母の再縁に幼いながら心の中では抵抗していたお結だったが、すぐに清兵衛がどれほどお結を愛してくれているかを知り、まもなくお結の中では血の繫《つな》がった父親以上に清兵衛が好きになった。

実の父の話は、母のおさんが言わずともどこからともなく耳に入る。

——伏見屋の父に私は捨てられた。あんな父親なんかいらない。

いつの間にか、父親の話をしなくなっていた。

恋しくない筈はないが、父を恋しいと言えば母を困らせる。母への思いやりもあって、お結は父を無視してきた。

だから、突然父親になった清兵衛にも、すぐにはなじめなかったが、日を重ねるごとに父親の愛情が身に染みたのである。

——この人が私の本当のおとっつぁんだ。

お結は伏見屋の父親に甘えられなかった分、清兵衛に甘えていたのである。

だから清兵衛が宇治に行かないと言った時、お結も行かないと決めたのだった。

だが、その夜、床に入ってうとうととした頃だった。

店の方で妙な音がするのに気づいて覗いてみると、父親とつかみ合い、殴り合っている恐ろしい顔をした男を見たのだ。

一瞬だが、その男が、お結をきっと見たようだった。

お結は、恐ろしくて声も出せない。這《は》うようにして台所まで行った。外に出て誰か助けを呼ばなければと思ったのだ。

だが、足が立たなかった。

暗い土間に下りようとした途端、つんのめって暗がりの中に落ちた。

気がついた時には、奉行所の役人や近隣の人がお結を案じて覗き込んでいたのである。

——おとっつぁんが死んだ。

お結は涙が零れてくる。

「この部屋を出ては駄目だって……いい？……行灯《あんどん》の灯を入れてもらうように頼んでくるから、いいわね」

先ほどこの部屋にいたお民はそう言って出ていったが、あれから四半刻《しはんとき》（三十分）は経つ。

お民さんは、私の部屋に戻れなくなったのだろうかと、お結は薄暗闇の中で息を潜めて座っているのだ。

「お結さん……」

部屋の外から男の声がした。

うっかり声を出しそうになったが、

——あの声……。

おとっつぁんを殺した男だ。

お結は、思わず廊下から遠い部屋の奥の壁に走って蹲った。

「分かっているんですよ、お嬢さん。京紅屋のお結さん」

男の影が近づいてきて、すらりと戸を開けた。

廊下の行灯の明かりが男の顔半分を照らした。

──あの男だ、殺される……。

胸が早鐘を打ち、大きく目を瞠《みは》って男の顔を見詰めた時、

「何をしている！」

男の背後から声がした。

──十四郎様だ。

立ち上がると同時に、男がお結の視界から消えた。

廊下に大きな音がして、十四郎が吹っ飛ばしたのだと分かった。

「野郎！　覚えてやがれ」

男は叫ぶと、階段の方に走った。

どたどたと段を踏む音がして、同時に、

「きゃー！」

大勢の女たちの悲鳴が聞こえた。

「お結ちゃん！」

手燭《てしょく》の灯とともに、お登勢と十四郎が入ってきた。

お結は二人の顔を見るなり、へなへなとそこに崩れた。

「怖かったのね、可哀相に……」

「もう大丈夫だ、お結」

十四郎に抱きかかえられて、

「あの……あの男、おとっつぁんを、こ、こ、殺した男です」

お結は叫んでいた。

「お結……よくぞお前は」

十四郎はお結の肩を強く摑んで、その顔を見た。

「十、十、十四郎様……」

お結は、わっと十四郎の胸に泣き崩れた。

五

先ほどまで賑やかだった客室が静かになった。

夕餉を摂《と》った客たちは、三ツ屋が仙台堀《せんだいぼり》の海辺《うみべ》橋まで差し向けてくれた屋形船で、大川《おおかわ》を上って夜桜見物に出たのであった。

三ツ屋はお登勢が経営している店である。

永代《えいたい》橋の東詰にある料理茶屋で、働いている女は全員慶光寺を出た女たちである。離縁は叶ったが暮らしに当てのない者や、慶光寺で暮らした生活費を橋屋から借りた者など様々だ。

三ツ屋は初めの頃は女子供に甘い物を出す茶屋だった。

だが、そのうち料理も出し、弁当も出すようになり、近頃では深川では有名な料理屋のひとつになっている。

なにしろ女たちの躾《しつけ》が行き届いていて、がさつな振る舞いをする者は一人もいない。

色香を売る店でも芸を売る店でもないが、かえってそれが評判を呼び、近頃では、花だ月だと屋根船や屋形船まで出すようになっている。

橘屋は純然たる宿屋だから、客が花見だ月見だと望む時にだけ、三ツ屋に船を頼んでいる。

桜は橘屋の庭にも一本植わっていて、それが七分咲きとなり、庭には雪洞《ぼんぼり》も灯《とも》っているが、このお江戸で桜といえば、やはり隅田川《すみだがわ》縁の桜を見たいとお客も思うのだった。

年配の婦人を残して、皆で三ツ屋の船で繰り出したのだ。

お登勢はそうした客の賑わいを耳朶《じだ》に捉えながら、十四郎と二人でお結から父親殺しの下手人を実見した話を聞いていたのだが、

「でも、どうして町奉行所のお役人に、下手人のこと話さなかったのかしら……」

やんわりとお結に尋ねた。

かねてからの疑問だったからである。

「………」

お結は口を噤《つぐ》んだ。

お結は言いあぐねているようだった。庭に灯した雪洞がほのかな光を二階の窓辺にも映しているのだが、そこに顔を向けてじっと見ている。

まだ少女の、大人の女になる前の、透き通るような白い肌が痛々しい。

「お役人でなくても、京にいる時に、この十四郎様に話していれば、今日のような危ない目に遭わなくてすんだかもしれないのですよ」

「………」

「十四郎様もわたくしもね、お結ちゃんが事件を実見したのに口を閉ざしているのは、きっともっと別の理由があるのではないかと見ていたんですよ」

お登勢がそう言った時、お結は激しく瞬きをして、視線を窓辺から戻して、ちらりと十四郎の顔に置いた。

心許《こころもと》ない表情をしている。

十四郎はその時を逃さなかった。

お結の目を捉えて言った。

「お結、勇気を出して話してみろ。お前を案じてこの俺にお前を託したおっかさんのためにも、いや、なにより、お前が今話してくれた大好きなおとっつぁんのためにもだ」

「おとっつぁんのため……」

お結は呟いた。

「そうだ、おとっつぁんの無念を晴らしたくないのか」

「……」

「お前だってまたいつ命を狙われるか分からんぞ。それでもよいのか……おっかさんだって無事にはすまぬかもしれんぞ」

「おっかさんが……」

「そうだ、俺は脅しで言っているんじゃない。事実、お民も腕を刺された。腕で幸いだったが命を落としていたかもしれないのだ。もはや、お前のことだけではすまなくなってきているのだ」

十四郎は厳しい口調で言った。

お結には辛いに決まっているが、胸にあるものを吐き出させてやることが、お結をもとの元気な娘に戻せるのだと考えたからである。

「十四郎様」

お結は蚊の鳴くような心細げな声で呼びかけたが、

「おとっつぁんを殺した、殺したその人の名は、為蔵です。儀之助ではありません」

今度ははっきりとした口調で言った。

「為蔵……」

どこかで耳にした名前だと、ふとお登勢を見ると、

「松波様がおっしゃってた、島抜けをした……」

「あっ……」

二人は驚いてお結を見た。

「おとっつぁんとの話を私、聞いてしまったのです……」

お結に哀しげな目を上げると、当夜のことを話し始めた。
店の方で聞き慣れない父の押し殺した怒声を聞き、暖簾の手前から店を覗こう
としたその時、
「おめえが白《しら》を切るのなら俺だって考えがあるというものだぜ、清兵衛……いや
さ、文吉さんよ」
男が父親の清兵衛のことを文吉と呼び、憮然として座っている清兵衛の前に裾《すそ》
をめくり上げて膝を立てて座ったのを見たのである。
――文吉……おとっつぁんが文吉？
不審に包まれるお結は、続けて父親の清兵衛が吐き捨てるように言った言葉に
さらに驚いた。
「為蔵、さっきも言ったが、お前が考えているほどこの店は儲かっていない。三
百両渡せなどと無茶なことを言うな」
父親はそう答えたのである。
「お結……そうか、それでお前は、あの男は儀之助ではなく為蔵だとな……」
十四郎は話の途中でお結に確かめる。
お結はこくりと頷いた。

「そして、お前のおとっつぁんは文吉と呼ばれたんだな」

「はい……」

と答えるお結の目が怯《おび》えている。

「安心しなさい」

「でも……」

「おとっつぁんのことを心配しているのか」

こくりとお結は頷く。

「案ずることはない。その先を話してみなさい」

十四郎が優しく言い含めるのと同時に、お登勢が黙ってお結の手をしっかりと握ってやった。

お結は大きく息を吐くと、話を継いだ。

父親の清兵衛に冷たくいなされた為蔵は、露《あら》わに険悪な表情を浮かべると、

「へえ、そうかい。おい文吉、じゃあ聞くが、この店の元手はどこから出たんだい」

「……」

「見てみろ、言えねえだろうが……そりゃそうだ、十五年前、神田で袋物屋の菱屋を殺して奪った金だとは誰にも言えねえ。そうだな」

「違う」

清兵衛は強く否定して、はっとして口を押さえた。

お結が家の中にいることを気遣ったようだった。

――おとっつぁんが何したっていうの。何を言ってるの。

お結は息も詰まりそうなほどびっくりしていた。

清兵衛を脅している男は為蔵というらしいが、今まで清兵衛の知り合いに為蔵のような凶悪な顔をした人は見たことがない。

まして父親が、殺しだとか、金を奪うとか、そんなことにかかわっていたなんて考えたこともなかった。

お結は、まるで恐ろしい夢でも見ているような気分だった。

声も出せないし、動けもしない。

暖簾一枚隔てたところで、お結が身動きできなくなって震えているなど清兵衛も為蔵も気づいていないらしく、血走った顔で睨み合い、やがて為蔵は薄笑いを浮かべると、

「違う……へえ、そうかい。あの時一文《もん》も持っていなかった俺とお前だ。店を開く金がどこにあったというのだ。ん……第一、あの時山分けした金はどうしたい。

店の資金に使ってないというのなら、ここに出して見せてもらおうじゃねえか」

「そうか、お前はそれが目当てで、ここにやってきたんだな」

「考えてもみろ。俺は島で五年も暮らした。その間に、お前のことをばらそうと思えばいくらでもできたんだぜ。だけど俺はしゃべらなかった」

「それは為蔵、お前の勝手じゃないのか。あの事件を自訴すれば、お前さんは命はなかった筈だ」

「それを言うなら、お前だって同じことだ。ここで安楽に商いをして、いや、それればかりじゃねえ、きれいな女房娘に囲まれて暮らせねえぜ」

「為蔵！」

「だからよ、おめえにはいらねえ金だろ。使ってねえんだったら俺に恵んでくれって言ってるんだ」

「ない。そんな金はない」

「なんだと」

「確かに私はお前の言う通り、この店を開いた時にはあの金を使わせてもらったよ。だがな、三年目の春に江戸に下って新しい店になっていた菱屋に、分け前の金は返している」

「へえ……馬鹿なことをしたもんだぜ。だがよ文吉、そんなことをしたって罪が消える訳じゃねえ、そうだろ」

「……」

「お前の昔を世間にばらされたくなかったら、出しな」

為蔵は右掌を清兵衛の前につきだして、ひらひらさせた。

「断る」

「なんだと……そうかい、分かった。じゃ、おめえの可愛がってる娘にでも話すか、おめえのおとっつぁんは、人殺しで盗人《ぬすっと》だってな」

笑って立とうとした為蔵の腕が引っ張られて、頬には鉄拳が飛んだ。

清兵衛が為蔵をぶん殴ったのだ。

「何しやがる」

為蔵も起き上がると、獣のように清兵衛に飛びかかった。

――誰か、おとっつぁんを助けて……。

お結はそこにへたり込んだ。

「そこからは、先ほどお話しした通りです」

お結はそこまで話し終えると、胸のつかえを吐き出すような息を吐き、

「あの夜見たことを詳しく話せば、おとっつぁんの昔を話さなくてはいけないと思って、だから、だから……」

お結の懸念は募りに募って、

「分かった、よく話してくれたな、お結」

十四郎が言葉をかけると、緊張が解けたのか、お結はぽろぽろと涙を零した。

そして、十四郎とお登勢に訴えるように言った。

「おとっつぁんは、悪い人ではありません。私のおとっつぁんは……」


それから一刻《いっとき》（二時間）ほど後のことだった。

興奮したお結が心静まるのを待って夜食を摂らせ、お民をお結の部屋に泊まらせることにした頃だった。

船で大川遊覧を楽しみ、隅田堤《すだづつみ》の夜桜を見物してきた客たちが、ぞろぞろと宿に帰ってきた。

藤七は若い衆の伊勢吉《いせきち》と逃げた為蔵を追ってまだ帰宅しておらず、お登勢が客を迎えたが、その客の後ろから松波と金五が入ってきたのである。

むろんお結が襲われた一件を知ったからである。

早々に連絡したのにはお登勢だった。

「夜分に申し訳ありません。わたくしも十四郎様も宿を離れる訳には参りませんので、お使いを出したのですが……」

お登勢は松波が提灯《ちょうちん》の火を吹き消して女中に渡すのを待って、自室に招いて礼を述べた。

「いやいや、聞けば例の島抜けした為蔵が現れたという。礼を言うなら私の方だ」

松波は固い表情をして座った。

「して、お登勢殿、私に確かめたいこととは何ですか」

「はい、まず、為蔵ですが、何か為蔵だという証《あかし》になるものがありますか。人相とか刀傷とか」

「あります。為蔵は右の小指が欠けています。島で刃物を振り回して喧嘩をし、相手の罪人を刺そうとした時、手を滑らせて自分の小指を失ったようです」

「まことですか」

お登勢は十四郎と見合った後、

「松波様、実はお結ちゃんを襲った儀之助という人は、小指が欠けておりまして」

「間違いないな。儀之助と偽名を使っても、体の傷は隠しようがない」

「それともう一つ、これは為蔵と文吉という人が襲った神田の菱屋に関わる話ですが、三百両を奪われてのち、三年ばかり後のことですが、菱屋に百五十両のお金を誰かが送りつけたというような事実があったのでしょうか」

「ありました。上方便でしたが、飛脚が二百両を届けています」

「二百両……百五十両ではないのか」

　十四郎が聞いた。

「二百両です。半金と、残りは利子だと書き添えてあったようです。菱屋では気味悪がって奉行所に届けてきたんですが、おそらく下手人が気がとがめて届けてきたんじゃないかと、我々は推測したのですよ。その時以来、菱屋事件の一人は上方にいる、そう踏んでいたんですが、証がある訳ではありませんからね。一応京大坂《おおさか》の奉行所には文書で問い合わせていましたが、偶然下手人が何かで捕まれば別ですが、こういう事件は究明するのが難しいですからね」

「松波様、そのことですが、お結ちゃんの父親が二人組の一人、文吉だったんです。先ほど私たちも知ったのですが……」

「それはまた」

驚く松波に、お登勢にお結から聞いた話を告げた。

松波は聞き終えるや立ち上がった。

「許せぬ。奉行所に戻って即刻この宿を見張らせましょう。早々に住み家を見つけて捕らえなければ、またお結が狙われる」

一礼して玄関に立った時、伊勢吉が玄関に飛び込んできた。

「み、水、水を……」

伊勢吉は走って帰ってきたらしく、息が切れている。

「誰か……お水を」

お登勢が叫び、台所にいたおたかが小走りして水の入った湯飲み茶碗を持ってきた。

伊勢吉は奪うようにしてその水を飲むと、

「や、奴の塒《ねぐら》を突き止めました」

と言う。

「まことか！」

金五が叫んだ。

「番頭さんが見張っています。十四郎様にお知らせしろと言われて、走って帰ってきたのです」

「何処《どこ》だ、場所は……」

金五はもう手にあった刀を腰に差している。

「横川《よこがわ》に架かる猿江《さるえ》橋です。東の袂に飲み屋があります。儀之助はそこに入りました」

「よし、俺も行くぞ。松波さん、奉行所に帰るよりこっちが先だ。俺と十四郎と、そして貴公がいればよもや逃げられることもあるまい」

「うむ」

松波も頷いた。

三人は緊張した顔を見合わせると、

「伊勢吉、案内しろ」

金五が言った。

六

伊勢吉のいう飲み屋は、赤い提灯を軒に吊るした店だった。

十四郎たちが猿江橋に駆けつけると、待っていた藤七が西袂の民家の軒下の暗闇からぬっと出てきた。

「十四郎様、あの店です。ここを通りかかった近所の者に聞いてみたところ、どうやら儀之助が、いえ為蔵が女郎あがりの女にやらせている店のようです」

「うむ、で、中には客がまだいるのだな」

「いえ。先ほどまで爺さんがいたんですが、たった今よろよろと帰っていきました。中には浪人が一人」

「浪人……」

松波が聞いた。

「為蔵の仲間だそうです」

「玉田だ、玉田久十郎に違いない」

松波が興奮して言った。

「どうする十四郎……」

「そうだな、藤七、店の裏はどうなっている。逃げ道はあるのか」

「いいえ、裏は行き止まりです」

「よし、念のために金五、おぬしは裏で待機していてくれ。松波さんと俺は表から行く。藤七、伊勢吉、お前たちは、万が一女が出てきた時には押さえておいてくれ」

「承知しました」

十四郎は金五が家の裏手にまわったのを見届けて、松波と飲み屋に近づいた。

「あら、もう看板ですよ。明日にして下さいな」

二人が中に入ろうとしたその時、女が出てきて二人に言った。

首を白塗りにし、紅の真っ赤な女である。

「為蔵はいるな」

十四郎が言うのと同時に、松波が十手《じって》を出して女に見せ、女を押しのけるようにして中に入った。

その時である。女が店の中に走りこんできて、階段の下から上に叫んだ。

「あんた、逃げて！」

「どうした……」

階段を途中まで下りてきた為蔵が叫びながら、下を見下ろした。

為蔵の手には匕首《あいくち》が光っている。

十四郎の顔を見た為蔵は仰天して、

「旦那、玉田の旦那！」

振り返って声をかけると、浪人がゆっくりと下りてきた。

「なるほど、町方の旦那がお出ましか」

不敵な笑いを浮かべると、すらりと刀を抜き、

「捕まるわけにゃあいかないんだ」

いきなり松波の胸を突いてきた。

松波はその刃を十手で払ったが、その拍子に腰掛けの角に蹴つまずいてよろけた。

「危ない、松波さん」

斜め上段から斬りつけてきた玉田の剣を、十四郎は左手で抜いた鉄扇《てっせん》で払うと、同時に右手で小刀を抜き、均衡を崩して十四郎の目の前に顔を突き出した玉田の首根っこに、その刃を突きつけた。

「狭いところで人は斬れぬぞ。俺たちを甘くみたな。刀を放せ！……放さぬと斬るぞ」

「く、くそ」

玉田は刀を落とした。

「きえーっ」

奇声を発して、階段から為蔵が飛んできた。

「馬鹿者」

松波が為蔵の手を十手で打つ。

「もう逃げられぬぞ、何もかも知れている。十五年前のことも全てだ。島抜けをしたばかりか、清兵衛を殺し、お結の命まで狙うとは……思い知れ」

松波は思いきり為蔵の肩を十手で打ち据えていた。


「お世話になりました。ありがとうございました」

お結は、お登勢と十四郎につき添われて慶光寺に出向き、万寿院に暇《いとま》の挨拶をすると、寺の門前で改めて十四郎たちに礼を述べた。

すっかり憑きものが落ちたような今日のお結の姿は、若い娘の初々しさで輝いていた。

「お結ちゃん、今度はおっかさんと遊びに来て下さい」

お民が目に涙を溜めて言った。

「お民さん、すみませんでした」

お結はお民が受けた傷を気遣っていた。

「ううん、もうすっかり……」

お民は腕を振ってにっこり笑うと、

「八幡様の守り鈴、私のお土産……」

女の子らしく、そっと手渡す。

「ありがとう……」

「お結姉ちゃん、これはおいらの」

万吉が紙に包んだものをつき出して、

「おいらとごん太がおやつにしている炒り豆だ」

お結の手に渡す。

「馬鹿、万吉」

急いでお民が、お結の手にある包みを取り上げようとした。だがお結は、

「いただきます。私、お豆さん大好きなんです」

にこりと笑った。

見ろっというように、万吉はお民に向かって鼻をつんとしてみせた。

おだやかな笑いが起こった。

お結の傍には藤七が旅姿で寄り添っている。京に向けて出立するお結につき添

っていくのである。

清兵衛殺しの為蔵を十四郎たちが捕まえたのは五日前のことである。

それればかりか、清兵衛が荷担した昔の事件は、本人が殺されたということもあるが、悔恨の念にかられて菱屋に利子をつけて二百両を届けていたことも明らかとなり、また、当時犯行の際に文吉が止めるのも聞かず菱屋を殺したのは為蔵だったということも分かって、松波が奉行に口添えして、清兵衛の罪は不問に付すという裁定がおりたのである。

お結はそれが何より嬉しかったのだ。

一刻も早く京に帰って、父のことや自分が口をきけるようになったことを母に知らせてやりたいと、江戸の桜も見物しないまま出立となったのである。

お結の唇には、ほんのり桜色の紅がのっている。

その紅は昨日、

「おとっつぁんが私のために、つくってくれた桜紅です」

お結が、小袋に入った貝を開いてお登勢に見せてくれたが、その紅だったのである。

紅を入れた小袋は、帯で締めた胸元にしっかりと入れ、肌身離さず持っていたものらしい。

お結にとってはお守り同然のその紅を、今日の旅立ちでつけたいとお登勢に頼み、お登勢の伝授でお結は初めて紅をつけた。

十六歳のお結の肌は透き通るように色が白く、桜紅が良く映《は》えた。

「綺麗よ、お結ちゃん」

お登勢がお結の顔をまじまじと見て微笑むと、お結は言った。

「京の鴨川《かもがわ》縁に細い道が続いているんですけど、その道の両側は桜並木で、皆その道を桜道と呼んでいます。毎年桜の咲いた頃、おとっつぁんと、おっかさんと、そして私と三人で、その道を歩きました。三人並んで歩きました。幼い頃はおとっつぁんと、おっかさんが私の両の手を引いてくれて歩きました。この紅、前の年に三人で桜道に行った時に、おとっつぁんが私のためにつくった紅だと言って渡してくれたんです。でも、おとっつぁんは、それからいくらも経たないうちに殺されて……」

しみじみと言う。

「そう……おとっつぁんの形見だったのね」

お登勢は胸が塞がるようだった。

「はい……」

お結は目を潤ませて頷いたが、涙を呑み込んで話を続けた。

「その時おとっつぁんは言ったんです。もうすぐお前は紅をつけるようになる。その時にはこれをつけて、私に一番に見せておくれって……」

「……」

「いいかい、おとっつぁんが一番だよって……」

その紅を、お結は今日つけたのだった。

「それでは皆さん」

お結が頭を下げて踵《きびす》を返した時、

「お結……お結だね」

恰幅《かっぷく》のいい商人が手代を連れて立っていた。

きょとんとして見たお結に商人は微笑んだ後、

「橘屋さんでございますね、私は伏見屋でございます。伏見屋啓太郎、今は名を利左衛門《りざえもん》と申します。橘屋さんには江戸店に太兵衛を訪ねて下さったそうで恐れ入ります。またこのたびは娘をお預かりいただきましてお礼の申しようもございません。お礼は改めて……」

すらすらと淀《よど》みなく礼を述べると、

「さあ、おとっつぁんと帰ろう」

お結に歩み寄ったのである。

だがお結は、後ずさりして、

「おとっつぁん……」

冷え冷えとした目で伏見屋啓太郎を見返した。

「そうだよ、お前のおとっつぁんだよ。お前がここにいると聞いてね、急いでやってきたんだよ。一緒に京に帰って、おっかさんと三人で暮らそうじゃないか」

「……」

「いやいや驚くのも無理はない。おとっつぁんはね、二度目の人とも別れて久しいのだよ。その人との間にできた子供も早くに死んでしまったからね、おとっつあんの子はお前一人だ。帰ってきてくれるね」

「伏見屋さん」

お結は静かに、きっぱりと言った。

「このお結は京紅屋清兵衛の娘です。伏見屋の娘ではありません」

「何を言うんだね、お結。お前は確かに京紅屋の娘だったが、伏見屋の娘でもあるのだよ。第一、京紅屋の店はなくなったじゃないか」

「私がお店を興《おこ》します。きっと……」

「お結……」

伏見屋は呆然としてお結を見た。

「私の胸の中にいるおとっつぁんは、清兵衛です」

もう一度言ったお結の目から、涙が零れ落ちた。


「十四郎様、お結ちゃん、もうどの辺りでしょうね」

お登勢は並んで歩く十四郎の横顔をちらと見た。

隅田の桜は散り始めている。

二人は千住《せんじゆ》に所用で行った帰りに、春を惜しんで隅田川縁の桜並木に立ち寄った。

はらりはらりと散る花の向こうに、お結親子の姿がふと見えたような気がしたのである。

「そうだな、小田原《おだわら》あたりかな」

「ええ……そうですね」

お登勢の胸にも十四郎の胸にも、別れ際に零したお結の涙が忘れずにあった。清兵衛への思慕と実の父伏見屋啓太郎への断ち切れぬ思い、それは単純に、愛憎という一言で片づけられるものではない。

しかしお結は、きっぱりとお結なりの決断を下したのだった。

それがどれほど切ないものであったか、お登勢にも十四郎にも分かっている。

「幸せになってほしいですね、お結ちゃん……」

お登勢がぽつりと言った。

お登勢は行く先に舞う花弁を見ている。

「うむ……」

十四郎も立ち止まってそれを見た。名残《なごり》の陽に、薄紅色の小さな花弁が、一瞬の輝きを見せて軽やかに落ちていた。

第二話　まもり亀

一

いつもは静寂な慶光寺に赤子の泣き声が響いている。

「あらあら、おもらししましたね」

赤子をあやしているのは万寿院である。

万寿院は、まるで孫を初めて抱いた時のような、とろりとした目を、腕に抱き上げた赤ん坊に注いでいる。

「お着物が汚れます」

春月尼が手を差し伸べるが、

「よいよい、わらわはこの子の名づけ親じゃ。慶太郎《けいたろう》、もっと泣きなされ。泣く子は元気に育つというぞ」

畏《かしこ》まっている金五一家に目をやり微笑む。

金五一家とは、金五と妻の千草《ちぐさ》、それに金五の母の波江《なみえ》、千草を育てた秋月《あきづき》家の老臣大内彦左衛門《おおうちひこざえもん》のことである。

慶太郎というのは金五と千草夫婦の第一子で、十四郎が京から帰ってくる少し前、今年正月の月に生まれ、万寿院が名をつけた。

春もたけなわ、暖かくなった今日の日を選んで、慶光寺でお祝いをしているのであった。

金五一家はむろんのこと、橘屋からはお登勢と藤七、それに十四郎、加えて柳庵も呼ばれて、先ほどささやかな祝宴が終わったところだ。

食後の一服に、波江の大好きな『虎屋《とらや》』の羊羹《ようかん》を味わいながら薄茶を頂いていたところであった。

「ほんに顔立ちの良いお子じゃ、誰に似たのか……」

万寿院は、金五と千草の顔を交互に見遣る。

「千草殿に似ているのじゃないかな。顔立ちも金五よりは上品だ」

十四郎が金五をちらと見て笑った。

「やっぱりそうか。名前も親の俺より立派だ。末はさぞかしと、母上はもう慶太郎の将来が楽しみだなどと言っているのだ」

金五は照れくさそうに頭を掻いた。鳶《とび》が鷹《たか》を生んだと言わんばかりに、もう親ばかになっている金五である。

波江も息子の金五に負けじと、

「万寿院様、万寿院様がこの子の名づけ親とは、近藤家始まって以来の名誉なこと、本当に嬉しく存じます。さぞかし前途は明るいかと思うと、わたくしも長生きをせねばと……」

感激の言葉を述べ、ついほろりと目頭を押さえるのであった。

「波江殿が羨《うらや》ましい」

万寿院もつい本音を漏らす。誰からも敬われ慕われ、頼られて暮らす万寿院だが、心のどこかには、子もいて孫もいる普通の暮らしをしていたらという思いもあるに違いない。

傍で見ているお登勢は、そう感じていた。

それはお登勢自身にも言えることでもあったのだ。

「千草殿、お登勢から聞くところによれば、剣や槍を握るしか興味のなかったそなたが、近頃では道場は高弟や彦左衛門に任せて、慶太郎に乳を与えることに専念していると聞くが、変われば変わるものじゃな」

万寿院は赤子の慶太郎を千草に渡しながら、ほほほと微笑む。

「いいえ、万寿院様」

千草がすぐに言った。

「義母上《はは》が毎日、諏訪町《すわちよう》の道場に通ってきて下さいますので……」

「おお、そうであったな」

すると、すぐさま波江が言い訳がましく言った。

「息子はこちらのお寺の仕事、嫁の千草殿には道場の仕事があります。こんな時こそ若夫婦の役に立たなくてはと思いましてね……」

すると、今度はすかさず彦左衛門が、歯の抜けた口でふがふがしながら、

「この爺に任せてくれればよいものを……私は千草お嬢様を立派に育てておりまするぞ」

独りごちる真似をして波江を牽制《けんせい》したのである。

その声を波江が聞き逃す筈はない。

「あら、慶太郎は近藤家の孫でございます」

波江が返す。

「したが、慶太郎様は、断絶《だんぜつ》したとはいえ、千草様のご実家、旗本《はたもと》秋月家の孫となります」

彦左衛門は、旗本に力を入れて言った。

むっと波江がふくれてみせた。

金五は御家人《ごけにん》とはいえ要職についているといえるだろう。

家禄は百三十俵三人扶持、それに慶光寺の特別職の吟味物調役《ぎんみものしらべやくかた》方与力格として二十俵が加算され、百五十俵五人扶持を賜っている。

波江にしてみれば、昔は旗本だったかもしれないが、お家が断絶では何をか言わんや、彦左衛門の言い分は負け犬の遠吠えとしか思っていない。

「母上、彦左もよせ」

金五が苦笑して二人を制した。

「ほほほ、慶太郎は幸せなことじゃな。のう、十四郎殿」

万寿院は、話を十四郎に振ってきた。

「はい」

苦笑して応える十四郎に、今度は柳庵が、

「十四郎様もお登勢殿も、いつまで置いてけぼりを食うおつもりかしら」

意味ありげに言ったのである。

一斉に視線が二人に集まって、

「先生、ご心配なく……先生の方こそ」

お登勢がやり返して、座は笑いに変わったのだった。

慶太郎がまた泣き出して、千草は慶太郎を抱いて庫裏《くり》に走った。

乳をやり、そしておしめを替えにいったのである。

「千草殿は変わりましたな」

万寿院が改めて金五に言った。

「はい。もう私のことなど眼中にありません」

金五が嬉しそうでもあり、また寂しそうでもある笑みを浮かべて言った時、

「近藤様、すぐに寺務所にお戻りいただけませんでしょうか」

走ってやってきた寺務所の下男が庭に跪《ひざまず》いた。

「何だ、急ぎの用か」

金五は縁側に出て、庭の男を見下ろした。

「はい」

下男は人前を憚《はばか》るように、腰を低くして縁先に近づくと、小さな声で金五に告げた。

「何、赤子が門前に捨てられている？」

金五は驚愕《きょうがく》して下男の顔を見返した。

「くっくっくっ……ああ」

大家の八兵衛《はちべえ》は、笑いを抑えきれぬのか、終《しま》いには苦しそうに息を吐くと、茶漬けをかきこんでいる十四郎の顔を見て、また笑った。

「何だ八兵衛、薄気味悪い笑いをするな」

十四郎は、むっとして八兵衛を睨んだ。

「いやいや、これが笑わずにいられましょうか、十四郎様。女がややこを背中に負ぶってあやしている姿は、なんとも微笑ましく映るものでございますが、男がその恰好をしますと、どう見ても間抜け、くっくっ、見られたものではございませんな」

「いったい誰の話だ、その話は……俺はこれから橘屋に出向かねばならぬのだ。お前の与太話《よたばなし》を聞いている暇はないのだ」

「おや、十四郎様、あなた様は京から戻られてから妙によそよそしいのではございませんか」

「そんなことはあるまい。それに帰ってきてから半月は経つぞ」

「半月経ってもお土産が届きません」

「それはな、遊びに行ったのではないからだ。万吉みたいなことを言うでない。それより、誰がややこを負ぶっていたのだ」

十四郎が茶漬けを食べ終わって、その茶碗に茶を注ぎ入れようと急須に手を伸ばすと、

「それがですね」

八兵衛は素早くその急須を取り上げて、十四郎の茶碗に注ぎ入れながら、

「万年橋《まんねんばし》で見たんですよ、背中に赤子を括《くく》りつけて腰を揺らして、あやしげな子守唄を歌っているお武家様を……くっくっ、それが近藤様で」

「何、金五が……」

十四郎は、思わず飲んでいた茶を噴き出しそうになった。

「いつのことだ」

「先ほどです。実はですね、私は橋屋さんの町内の、町役人で仏具屋の奈良《なら》屋

長兵衛《ちょうべえ》さんとは懇意の仲でございまして、その奈良屋さんから一昨日慶光寺で捨て子があって、お登勢さんがしかるべく届けられたという話を聞いていたものですから、ちょいと行ってきたんですよ。私の知り合いに捨て子の面倒ならしばらく見てやってもいいという人がおりましてね。それなら一度様子を見てこようかと……そしたら万年橋の上で偶然近藤様にお会いした、とまあ、そんな訳でして」

「すると何か、金五は捨て子の子守をしているのか」

「はいな」

「はいな、じゃないだろう。しかし、おかしいな。お前も赤子のことは聞いただろうが、お登勢殿が手順を踏んで届けたものの、万寿院様が養い親が決まるまで慶光寺でみてやりたいと申されて」

「お聞きしました。万寿院様はそのために早速乳母まで雇われて、あそこにいる尼僧や駆け込んで暮らしている女子たちが、奪い合うように赤子を抱くんだとか……ところが、金五様のお話では、どなたが抱っこしても赤子はこれでもかといわんばかりに声を張り上げて泣く。でも、近藤様が抱くと、ぴたりとそれがやむのだと」

「まさか」

十四郎は苦笑した。

あの日、慶光寺の門前に捨てられていた赤子は、慶太郎よりも一回り大きい男の子だった。

産着もおくるみも仕立てたばかりの上等な物を身に着けていて、母親が作ったものか、赤いお守り袋が首にかけてあった。

お守り袋は、金糸銀糸をつかって鶴亀の絵が施してあり、その子の胸元には紙が挟んであったのだ。

その紙には、

――名は友七と申します。どうぞご加護を――

とあった。

乱れた筆跡から、せっぱ詰まったものが感じられた。

その文字を読んだ万寿院は、

「慶太郎が皆にこうしてお祝いを受けているのに、同じ日にこの寺の門前に捨てられるとは憐《あわ》れ、これも仏の縁であろう」

涙を拭い、

「しばらく女たちに世話をさせましょうぞ」

そう言ってお登勢を納得させたのである。

まさか金五が子守役になろうとは……。

お登勢が今朝早く、なるべく早く橘屋にお出《い》でいただきたいと使いを寄越してきたのは、金五の手が塞がっていては、いざという時御用に支障を来《きた》すと思ったからに違いない。

十四郎は急いで橘屋に向かった。

はたして、

「おっ」

十四郎が慶光寺の正門前を視線の先に捉えた時、背中に子をおんぶして職人風の男と話している金五が見えた。

二人は赤子をあやしながら、なにやら熱心に話している。

十四郎が近づいていることも分からぬほど二人は和《なご》やかに、赤子の顔を覗きこんだりして語り合っているのである。

「あら、十四郎様……」

そこへお登勢が胸を袖で押さえて小走りにやってきた。何か抱えているようだ。

橋屋の前には門前町の通りが抜けているが、その通りと慶光寺の間には幅三間《けん》（約五・四メートル）ほどの掘割が通っている。

そしてその堀には石橋が架かっていて、それを渡れば今金五と職人がしゃべっている正門前の幅三間ほどの広場である。

つまり橋屋は、慶光寺と堀を挟んで真向かいにある。

金五はお登勢の姿が視線の隅を横切ったのが目に入ったのか、お登勢と十四郎がすぐそこに来ているのに気づき、照れくさそうに笑って手をひょいと上げた。

じゃあ、あっしはこれで……というように、職人は最後に赤子にべろべろばーをして、十四郎とお登勢の傍をすり抜けて去っていった。

「何者だ、あの男は」

石橋を渡って金五に聞くと、

「通りがかりの者だ」

「それにしては馴れ馴れしい。おぬしとはよく知った仲のように見えたんだが」

「いや、この友七《ともしち》があまり派手に泣くものでな、物珍しそうに寄ってきたのだ」

「お子さんがいる人なのかもしれませんね」

お登勢が言い、友七ににこりと笑いかける。

「そうかもな。この友七は捨て子で、万寿院様がしばらく預かることになったんだと話してやったら、えらく感心して、こんな可愛い子を捨てるなんて余程の訳があったにちげえねえとか言って、この子のほっぺたを撫でたりして一向に動こうとしないのだ。それはいいのだが、奴の爪の中が真っ黒で、こっちははらはらしていたんだが」

金五はにこにこしている赤ん坊を肩越しに見る。

「ぷっ」

十四郎は思わず笑った。

「なんだよ、俺を馬鹿にしているのか」

「いやいや、なかなか板についたものだと思って」

「千草の見よう見まねだ」

「千草さんといえば、本当に変わりましたね。すっかりもう母になりきっておいでになる」

「ああも変わるものかね、お登勢。慶太郎に乳を含ませおしめを取り替え、慶太郎の他には眼中にないのだからな」

「それでよろしいのではございませんか。だからこそ子は育つ。近藤様だってお母上様がそのようになさったお陰で今ここにおられるのです。ねえ、ともしち」

お登勢は舌足らずの呼びかけを赤子にして、袖の下に抱えてきたものを出すと赤子の目の前に翳《かざ》して見せた。

色とりどりの千代紙でつくった風車《かざぐるま》だった。

「よかった、気に入ったのね。何がいいか迷って迷って」

お登勢が風を探して風車の向きを変えると、

「ばぶばぶ、きゃっきゃっ」

友七は風車が回り出して大喜びである。

「可愛いものですね」

お登勢がしみじみと言う。

「捨てられたとも知らずにな」

金五も情が移ったか、しんみりと言い、

「だがな、お登勢。可愛いと思えば思うほど、どんな訳があろうと我が子を捨てた親が俺には許せぬ。とっ捕まえて懲《こ》らしめてやる」

捨て子は大概は貧乏ゆえに起こるものだ。

だから、公儀《こうぎ》も捨て子には寛容で、微罪ですますというのが通り相場になっている。

「お前の怒りも分からぬではないがな」

十四郎は慰めるように言った。だが、金五は、

「中には放埒《ほうらつ》のあげくにできた子が邪魔になって、犬ころのように捨てる者もいると聞くぞ。ともかくだ、どこのどいつが捨てたのか、その者を捕まえて詮議せぬことには腹の虫がおさまらぬ」

怒りは次第に増幅していくようだった。

「もう少しお待ち下さいませ。藤七や若い衆が調べておりますから」

お登勢は言った。

「もう三日だぞ」

「はい」

「本当に何も分からんのか」

「ええ、何か事件があって子を捨てたということも考えられますので、その線でも調べているのですが……友七ちゃんがここに捨てられた時刻に、二町《ちょう》（約二一八メートル）ほど先で激しい男たちの喧嘩があったということですが、それが子捨てと関係あるのかどうかは分かっていません」

「時間が経てば経つほど分からなくなる」

「承知しています」

お登勢は言い、金五に風車を手渡した。

二

「お民ちゃん、その話本当……お民ちゃんの記憶違いということはありませんか」

お登勢は首を捩《ねじ》って、驚いた顔でお民を見た。

お登勢の手には菊の新芽が握られている。襷《たすき》をかけ、前垂れをして、お登勢は庭に咲く菊の株分けをしているのだった。

菊は放っておいても育って花を咲かせるが、新芽の頃に株分けをしてやれば、より大きな美しい花を咲かせる。

そこでお民と万吉に手伝わせて、朝から庭に出て作業をしていたのだが、突然お民が思い出したように妙な話をし出したのだ。

その話というのは、先ほどお民はお登勢の使いで慶光寺に出向き、寺務所で眠っている赤ん坊を見たのだが、その赤ん坊に見覚えがあるようなないような、などと言い出したのである。

「あの赤ん坊の首にはお守り袋がかけられているでしょう。あれどこで見たのかな……」

「何処、思い出して、お民ちゃん」

お登勢がじっとお民を見るが、お民は、うーんと考えていたあげく、

「すみません、思い出せません」

お登勢をがっかりさせた。

その時だった。近くで草を引き抜いていた万吉が立ち上がって、

「しょうがねえなあ、よし、おいらがおまじないをしてやるよ」

「いいわよ、そんなまじない効くわけないわよ」

「いいから」

万吉は強く言うとお民の前に立ち、お民をしゃがませ、

「目を瞑《つむ》って」

命令するように強い口調でお民に目を瞑らせると、その額に向かって目を吊り上げ、

「じゅげむじゅげむ、まんだらまんだら」

右手で神主が御幣《ごへい》を振るような所作《しょさ》をして唱え始めた。

神がかりのような声である。

子供のすることとはいえ、笑うこともできないお登勢が苦笑して見ていると、

「じゅげまんだら、じゅげまんだら、ぴっぴっぴっぴっのぴっぴっぴっぴっ、思い出せー。えい！」

万吉はお民の額をぴしゃりと打った。

「何するのよ！」

お民は怒って立ち上がるが、

「あれ、思い出しました」

すとんと何かが落ちたように、にこりと笑った。

「お民ちゃん……」

俄かには信じがたいお登勢だが、

「お登勢様、お豊《とよ》さんていたでしょう」

お民は目をぱちりと見開いて聞いた。

「お豊さん……ああ、寺を出た、あのお豊さん……」

お登勢は聞き返した。

お豊というのは三年前に離縁が叶って寺を出て、その後一年ほど三ツ屋で働いていたが、いい人ができたと三ツ屋を辞め、回向院《えこういん》の門前で亭主と茶屋『一服亭《いっぷくてい》』を開いている。

以前は歴《れき》としたお店者《たなもの》の女房だったが、こんどは小さな茶屋の女房。うまくいくのかとお登勢が案じている一人だが、お豊は、

「本当の夫婦ってどういうものか分かったような気がします。これまでにあった嫌なことも全部忘れました」

そう言って再縁の様子を語ってくれたお豊だが、お登勢は時々お民に、お使いの帰りにお豊の様子を見に立ち寄らせていた。

「お民ちゃん、あのお豊さんと赤ちゃんと、どういう繋がりがあると言うの」

「この間一服亭で、私あの赤ちゃんのお母さんに会ったんです」

「お客さんで来ていたのかしら」

「随分親しい仲だと思います。だってその人、お豊さんに何か相談していたらしくて、それも深刻な相談だったようで、お豊さんが怒ってこんなこと言ってたんです。ひどい話じゃないの、それじゃあまるっきり泣き寝入りってことでしょっ

て……」

「その人の赤ちゃんが友七ちゃんていうのね」

「はい。友七ちゃんが首にかけているお守りと同じものが、その人の赤ちゃんの首にかかっていたんです。私、二人の話が終わるまでその赤ちゃんあやしていたんだから」

「お民ちゃん、これ片づけておいてちょうだい、その辺でいいから、また明日やりますから」

お登勢は傍にあった桶の中で汚れた手を素早く洗うと、襷をとりながら急いで橘屋の中に入っていった。


その日の午後には、お登勢は十四郎と一服亭を訪れていた。

お豊夫婦は大喜びで迎えると、

「十四郎様は初めてだと存じますが、こちらが私の亭主です」

年甲斐《としがい》もなくはにかんで亭主をお豊が紹介すると、

「雄三《ゆうぞう》と申します。お豊から皆さまのことはよくお聞きしておりまして」

「雄さんて呼んでいるんですよ」

二人は仲の良いところを見せてくれたが、お登勢が慶光寺に捨てられていた赤子の話を一通りすると、

「ほんとにその赤ちゃんの名は友七ちゃんていうのですか」

お豊が半信半疑で聞いてきた。

「走り書きが添えてあったのだ」

十四郎が言うと、お登勢は巾着から、友七の首にかけてあった赤いお守り袋をお豊の前に置いた。

「あっ」

お豊は小さな驚きの声を上げると、

「間違いありませんね。私の知ってるお七《しち》さんがこしらえたものです」

と言うではないか。

「何処に住んでいるのだ、そのお七は」

「行っても無駄です。いなくなったんです」

「何」

十四郎はお登勢と顔を見合わせた。

「お七さんは六間堀町《ろっけんぼりまち》の裏通りにある小さな仕舞屋《しもたや》に住んでいたんですが、ちょ

っと気になることがありまして、商売の合間に行ってみたんです。そしたら、もう何日も姿は見てないって近所の人も言いましてね、行方知れずになっているんです」

「お豊さん、話してくれますね。気になっていたことを……」

「はい」

お豊は神妙な顔で頷くと、

「そもそもお七さんと知り合ったのは、時々お店の前を頼りなげな顔をして通るものですから、ある日思い切って声をかけたんです。私にだって覚えがありますからね。前の人との時辛くて、途方に暮れて、町をふらふら歩いていたことがありますから……」

お豊はそれを思い出してお七に声をかけたのである。

お七はお豊に誘われるまま店の中に入ってきた。

その時、お七のお腹には子がいた。友七がいたのである。

「見ればお腹にはお子がいると思われるのに、そんな浮かない顔をして、何か心配ごとでもあるのですか」

お豊の問いにその日は寂しげに笑って答えなかったお七も、だんだんとお豊を姉のように思ってか、心の内を吐露《とろ》するようになったのである。

聞けばお七は通油町《とおりあぶらちょう》にある呉服問屋『若狭屋《わかさや》』の跡取り息子与一郎《よいちろう》の女房だというのだが、本宅では暮らさずに六間堀町に一人住まいしているのだという。

おかしな話だとお豊が問い詰めると、

「私の実家は糸屋でしたが、お店が潰れて借金を抱え、その借金の肩代わりをしてくれるというので、売られるようにして若狭屋に来たものですから……」

と言うのである。

お七は与一郎からいずれは嫁にと請われたらしいが、しかしいまだに本宅には呼ばれず、与一郎が時々通ってきているのだと言ったのだ。

「お登勢様」

お豊は大きく息を吐くと、

「お七さんは、お金が介在しているとはいえ自分は若狭屋に嫁に行ったのだという気持ちが強いようなんですが、私から見ればまるでお妾《めかけ》さんですよ、そうでしょう」

「お豊さん、分かっているんですよ。お七さんは、分かっていても認めたくないんです、お妾だなんて」

「そうですね。ええ、きっとそうですよ、分かります。自分からそんなこと認めてしまったらどうなるか」

「気の毒な人ね……」

金五の言うように、どんな訳があろうと、子を捨てることは親の務めを放棄したに等しい。けっして許されることではないという思いでやってきたお登勢も、一人で若狭屋一家と闘っている女の姿が目に浮かんできて、お七を責める気持ちも失せていく。

「ところがですね、お登勢様」

お豊は膝を寄せると、

「それだけじゃなかったんですよ、お七さんを悩ませているのは」

怒りを露わにして言った。

「与一郎さんに縁談が持ち上がったから別れてくれって、与一郎さんの母親でおれんという人が言ってきたらしいんです……赤子が生まれてすぐのことですよ、その話……」

「孫が生まれたのに……」

「孫の顔なんて見向きもしなかったらしいんです」

「まあ、お七さんには辛い話ですね」

「友七が可哀相だって言って泣いてましたね」

「……」

「母親のおれんさんが若狭屋を仕切っているらしくて、与一郎さんも何事につけても口を挟めない。与一郎さんの父親はもう亡くなって五年とか六年とかになるようですから……」

「すると何か……お七は手切れは嫌だと、そういうことなのか」

じっと聞いていた十四郎が尋ねた。

「いいえ、若狭屋は友七ちゃんを置いて出ていけと、そういうことらしいんです」

「ふーむ。お七のところにやってきても孫の顔ひとつ見ない姑《しゅうとめ》が、赤子は渡せと言っているのか」

首を傾げる。

「そうなんです。だからお七さんが頑張ってるのは、友七ちゃんだけは渡したくないって……そういうことだったんですよ」

「与一郎さんには未練はないと……」

「ええ、愛情はないと言ってました。亭主への愛情はなくても子は私のものだって……私の分身だって……その子をみすみす不幸になるかもしれないと知りながら渡せないって……」

「お七の気持ちは分かるな、男の俺でも……親というものはそうだろう」

「ええ」

お豊は頷くと、

「あんまり気の毒な話だったので、二進《にっち》も三進《さっち》もいかなくなったら、深川にある橘屋を訪ねてみなさい……そう言ってあげたんです」

「ならば何故、順を踏んで訪ねてこない……いきなり子を置き捨てにしたんだ」

「ええ、きっと何か差し迫った訳があったんだと思います。思い当たることがあるんです、私……」

お豊は言い、十四郎を、そしてお登勢を見た。

「今思えば、慶光寺に友七ちゃんを捨てる前日、私のところに挨拶にきたんですね……」

しばらく会えなくなりますので……お七は落ち着かない様子でそう言ったが、ふと見たむこうの差し向かいにある家の軒下から、お七をじっと見ている男がいたのである。

直感で、お七は見張られているんだとお豊は思った。

「会えなくなるってどういうこと？」

お豊は小さな声で聞いた。

するとお七は、

「家を出ます。若狭屋の知らないところに……」

と小さいが、はっきりした口調で言った。

「そんな、友七ちゃん連れで大丈夫なの。なんだったらうちに来てもらっても。そうか、うちは知れてるものね」

「助けてくれる人がいるんです。落ち着いたら連絡します」

お七は囁くように言い、足早に引き返していった。

気になったお豊は、翌日、六間堀町に向かった。

すると、若旦那風の男が家の前で若い衆を叱りつけているのが目に入った。

「何、いない……いないじゃすまないんだよ。あれほど目を離すなと言っておいたのに。ええい、捜せ、もう一度捜せ」

命じている若旦那は、お七から聞いていた若狭屋の跡取り息子の与一郎に違いなかった。

——お七はうまく逃げたのか。

ほっとした時、つかつかとお豊の傍に若旦那が近づいてきた。

「おい、あんたは誰だ。もしかしてお七の知り合いですか」

言葉は選んでいるが、男の目は険しい。

「与一郎さんですね」

お豊はいきなり聞いてやった。

男はぎょっとした顔をしたが、

「そうだが。そうか、あんたは一服亭の」

「ええ、お豊ですよ。お七さんに会いにきたんですが、どうかなさったのですか」

ついでに惚《とぼ》けて聞いた。

「ごらんの通りのもぬけの殻《から》だ。あんた、知ってるんじゃないのかね、お七の行く先を……」

「知りませんよ。私はお七さんが欲しがっていたものが手に入ったので、それでやってきたんですから」

お豊は、懐にある買ったばかりの紙入れを思い出して取り出した。咄嗟《とっさ》についた嘘だった。

「ふん」

与一郎は一瞥《いちべつ》して、

「そんな安物の紙入れを……」

鼻で笑った。

「本宅で結構な暮らしをなさっている若旦那には分からないでしょうね、紙入れのひとつも欲しいと思っていたお七さんの気持ち」

「何、変なことを言わないでもらいたいね」

「今に後悔しますよ、若旦那」

お豊は皮肉たっぷりに言い放つと、くるりと与一郎に背を向けた。

「でも、その後連絡がなかったものですから心配していたんです」

お豊は言った。

三

「ねんねん、ねんねん、ねんころり……ええい、友七、なんで今日はぐずるんだ」

金五は背中の赤子に肩越しに弱音を吐く。女たちが乳をやってもおしめを替えてもぐずるというので、金五に子守のお鉢が回ってきたのだが、その金五があやしても、今日の友七は機嫌が悪かった。

泣きやんだと思ったら、また、ぐずぐず泣いた。

「どうしてくれるんだよ、まったく」

さすがの金五も、誰かに子守を代わってもらいたい気分である。

「旦那、今日は機嫌が悪いんですね」

いらいらしている時に、またあの職人風の若い男が橋を渡ってきた。

「そんなにいらいらしちゃあ、赤子にお武家様のいらいらが移ってしまいますぜ。べろべろばー」

職人は赤子をあやした。

それでもまだ鼻を鳴らして泣きそうな赤子を見ると、

「いないいない、ばー……いないいない、ばー……友七友七、ばー」

腰を低くして金五の体で自分を隠し、一気に伸び上がって金五の肩越しに赤子にむさ苦しい顔をつきだした。

友七は、最初はきょとんとしていたが、男が何度も繰り返すうちに、声を出して笑い始めた。

なんとも気さくというか、ひょうきんというか、憎めない男なので金五は笑って男に聞いた。

「お前は子守をしたことがあるのか」

「へい、妹や弟の子守をね」

「ほう、女房子供がいるんじゃないのか」

「旦那、あっしが所帯持ちに見えますか」

職人は両手を広げて金五の前に立つと、ひらひらと手を振った。

出来の悪い奴凧《やっこだこ》のようだが、家族を背負っていないことは、滲《にじ》み出るその雰囲気で分かった。

男は額に生傷があった。

「その傷はどうしたのだ。喧嘩でもしたのか」

「へい、お恥ずかしいことで」

男は言いながら、友七の頬に触ろうとする。

「止めろ。手が汚いな」

金五は男の手を払った。

「旦那、いいじゃねえですか。あっしは毎日壁を塗ってる左官《さかん》ですよ。どんなに洗ったってとれねえんですから」

と言って男は、しまったというような顔をし、

「それじゃあ、旦那……」

男は急に何かを思い出したように帰っていった。

すると、橘屋から若い男がするりと出てきて、金五に一礼すると、男の後を追い始めた。

それは近頃藤七が仕事を仕込んでいる、伊勢吉だった。

「うむ」

金五はそれを見届けると、

「おい」

振り返って小者《こもの》を呼び、

「橋屋に行ってくる。後を頼むぞ」

友七を小者に渡して石橋を渡った。


「あら、赤ちゃんも連れてきてくだされば良かったのに……」

お登勢は金五に茶を淹れると、傍に座っている藤七と見合って笑った。

「止めてくれ、俺ももう限界だ。子守がこれほど疲れるものとは思わなかったぞ」

「えらいもんでしょ、子を育てる母というのは」

お登勢が笑った。

「降参だな。おい、それよりあの男だが、左官の仕事をしているようだ。先ほどついぽろりとな、口を滑らせたのだ」

「そうですか、伊勢吉に追わせましたから、そのうち身元も分かるでしょう」

藤七は言った。

「しかしお七が頼っていた男が、あの男とはな。本当かね」

金五は、友七をあやしていた男のひょうきんな姿を思い出している。

どう考えたって、女が頼れるような男じゃない。

「これは、十四郎様にもお伝えしたのですが、近藤様」

藤七は金五の考えを遮るように、

「捨て子があったほんの少し前、上之橋《かみのはし》の袂で大騒ぎがあったのですが、見ていた者の話では、職人風の男と赤子を抱いた女が、若い衆に取り囲まれて摑み合いの喧嘩をしていたと言うんです。喧嘩のもとは、赤子を連れた女だったようで、多勢に無勢だと知ったのか、職人風の男が刃物を振り回して女を逃がしたと言うんです。しかし、男は女を逃がした後で、よってたかって痛めつけられたんだと言ってました。その男の人相が、友七をあやしに来るあの男にそっくりなんです」

「ふむ、なるほど……そういうことなら、あの男、赤子のその後が心配で見に来ているというのか……」

「おそらく……」

「お七とどういう関係なんだ」

「……」

「まっ、そのうち分かるだろうがな」

「ええ、調べてみると、お七さんという人は本当に気の毒な身の上ですからね」

お登勢が二人の話を受けて言った。

「お登勢、他にも何か分かったのか」

「ええ。藤七と、お七さんの父親に会ってきたんです」

「どこにいるのだ、たしか店が潰れたと言っていたな」

「はい、潰れたお店は金六町《きんろくちょう》にあったらしいのですが、今は小梅《こうめ》村の片田舎で、小さな畑をつくって暮らしていました。どうやらお七さんの仕送りで食べている様子で、若狭屋の若い者もつい昨日やってきて、お七さんが姿を隠したことを告げていったそうですが、父親の元に身を寄せているのではないかと疑って捜しにきたのだろうと言っていました」

「ふむ」

「近藤様、その父親ですが、こう言うのです」

藤七がお登勢の話を受けて言った。

「娘は妾奉公に出したと思っている。お七がここに戻ってきたら、首に縄をつけてでも若狭屋に連れていくのだと」

「まったく……父親のために娘が泣いているのに、何だその言いぐさは」

金五は怒りを露わにした。

「いえ、決して娘に愛情がないからではありません。捨て鉢にそのように言いましても父と娘、若狭屋はお内儀、つまり与一郎の母親でもってるといわれているそうで、その母親がお七の父親に、どんなに息子がお七に惚れているか力説し、必ず頃合いを見て正式の女房にするからと借金の肩代わりを申し出てくれたのだということです」

「いったいいくら借金があったのだ」

「三百両だそうです」

「三百両か……」

「さほど大きい店でもなかったようですから、このご時世、三百両でも糸屋にすれば命取りになったのでしょう。父親は最後には涙声で訴えておりました。十年前、大火事で女房を亡くしてから商売もうまくいかなくなりましてと……」

「十年前の火事……」

「はい。八丁堀《はっちょうぼり》から金六町辺りまで火が回った火事のことです」

「ああ、そういえば」

「あの火事で店が丸焼けになり、建て直して商いを始めたもののうまくいかず、取引相手であった若狭屋に助けてもらうことになったのだと……」

「待て待て、そういうことなら若狭屋の怒る気持ちも分からぬでもないな。三百両も金を出して引き取ったお七だ。つまり買った女だ」

金五が呟くように言った。

「近藤様」

お登勢がきっと睨んだ。

「しかし、そうだろう、そんな話はお七でなくてもいっぱいあるぞ。親のために妾奉公する娘はごろごろいるんだ。そんな女たちが皆が皆、妾が嫌だからといって勝手に行方をくらますか……」

「だからといって捨ててはおけませんでしょう。第一、友七ちゃんが可哀相です」

「それはそうだが……」

「何かもっと深い事情、いえ、裏があるようにわたくしは思うんです」

「裏？」

「ええ、だって若狭屋は新しい嫁入り話が持ち上がって、お七さんとは離縁したいと言っているんです。お七さんも別れてもいいと言っているんです。ただ、子供だけは欲しいと……ところが話がこじれて、お七さんは赤子と逃げようとした。それをどうして若狭屋は追っかけるんでしょうか。知らぬふりをしていれば、面倒な女はいなくなるんです」

「ふむ」

「若狭屋が母子を追うのは、もっと何か考えがあってのことだと、私は思いますが……」

お登勢は、金五様はいかが思われますかと、思慮《しりよ》深げな目を向けた。

「分かった、分かった。俺だって、これからずっと子守をするなど堪忍《かんにん》してほしいのだ。一刻も早くお七を見つけて親子一緒にしてやらねばな」

「本当に……」

お登勢は念を押す。

――お登勢に泣き言を言おうものならこれだから……すぐにこうして丸めこまれる。

「本当だ……当たり前だ」

金五は喚《わめ》いた。

その頃、十四郎は行徳《ぎょうとく》河岸に立っていた。

目の前に架かる崩《くずれ》橋を渡れば目指すは箱崎町《はこざきちょう》、その町の裏店《うらだな》に、ついこの間まで若狭屋に勤めていた番頭で嘉助《かすけ》という者がいると知ったからである。

教えてくれたのは、若狭屋を調べるために入った近くの蕎麦屋の女房だった。

女房は声を潜めて、

「近所の私たちが外からどうこう言うよりですね、ついこの間まで働いていた番頭の嘉助さんなら何でも知っていますよ。いいことも悪いことも……ええ、きっと何でも話してくれますよ、あの人なら……」

「しかし、どうして辞めたのだ……番頭にまで上りつめた男が辞めるのは、暖簾分けか、何か番頭によほどの落ち度があった時か……」

「番頭さんに落ち度があるものかね、暖簾分けするのも嫌だし、かといって長年勤め上げた奉公人に慰労金を渡すのも嫌なもんだから、なんのかんのと言いがかりをつけて辞めさせたって話だよ」

「ほう……俺も耳にはしているが、店を切り盛りしているのは与一郎のおっかさんで、そのおっかさんが相当なやり手だと聞いている」

「そうなんですよ、亡くなった旦那はいい人だったのに、あのおれんさんが主になってからというもの、取引先やお客ともめごとがあったりしてさ。そんなもんだから、怖い顔をした用心棒も近頃雇っているみたいだし、ここらへんでは当たらず障らずですよ、若狭屋さんには。怖いですからね、みんな知らんぷりしているんですよ」

くわばらくわばらなどと言い、蕎麦屋の女房は板場に引き揚げたが、心底面白くないことがあるのは明白だった。

——番頭の嘉助がなぜ、この町の裏店に引きこもったのか……。

半信半疑でやってきた十四郎である。

はたして若狭屋の番頭嘉助は、蕎麦屋の女房が教えてくれたとおり、箱崎町の「下り素麺《そうめん》問屋」と看板のある店の裏手にある長屋に住んでいた。

十四郎が訪《おとな》いを入れて戸を開けると、目に飛び込んできたのは、臥《ふ》せっている男と、傍で男の顔を見下ろして何か話していたらしい二十二、三の浪人だった。

男はむろん、若狭屋の番頭だった嘉助だと思われた。

十四郎が慶光寺ゆかりの橘屋の者だと名を名乗り、お七を捜しているのだと告げてから、番頭の嘉助だなと尋ねると、男は頷き、びっくりした様子で起き上がった。

嘉助は無精《ぶしょう》ひげを生やし月代《さかやき》も伸び、顔色も青白かった。

「むさ苦しい姿でどうも……」

襟を合わせて頭を下げると、傍に座っている浪人を、世話になっている小倉佐《おぐらさ》一郎《いちろう》様ですと紹介した。

見れば嘉助は腕にも足にも添え木を当てている。

「怪我をしたのか」

十四郎が聞くと、

「腹立たしい話ですよ」

嘉助に代わって傍らの若い浪人が言った。

質素な身なりで温和な顔立ち、端然とした居ずまいだが、声には怒気《どき》が含まれていた。

「嘉助さんは、この怪我のために、若狭屋から暇を出されました」

「うむ。喧嘩でもしたのか」

「いえ、三月前のことでございます」

嘉助が力なく言った。

「お得意様に回りましてその帰りに、後ろから走ってきた馬に撥《は》ねとばされまして」

「何、馬に……」

「はい。さるお旗本の馬小屋から逃げ出した馬だったのですが、このように手も足も骨を折りまして」

すると、また佐一郎が話を継いだ。

「私がそこに通りかかりまして外科の医者に運びました……」

嘉助は動けなかった。

代わりに佐一郎が若狭屋に知らせたのだが、おれんが額に青筋を立てて診療所までやってくると、

「長い間ご苦労でしたが、今日限りお店は辞めてもらいます。その体ではもうもとには戻らないでしょうから……」

そう言うと、おれんは治療代だけを置いて引き揚げていったのである。

「私は手元にあったわずかな給金を懐に途方にくれましたが、佐一郎さんがこの長屋を世話して下さいまして、こうしてようやく一息ついているのでございます」

「そうか……」

そんなことがあったのか――。

気の毒な呆れた話だと十四郎は思った。

ほんのしばらく誰も言葉を発しなかった。

大きく息を吐いた嘉助が、気の毒そうに言った。

「そうですか、お七さんはあの家を出たのですか……」

「そればかりか、お七は生まれてまもない赤ん坊を慶光寺に捨てて行ったのだ」

「お七さんが……何かあったのでございますね」

「うむ……」

十四郎が一通り話すと、

「そうでしょうとも……」

嘉助は何度も頷き、

「命はこれで助かったわけだ」

呟くように言った。

「何、どういうことだ」

「あの家にいれば、お七さんも赤ん坊もいずれ始末されたかもしれません」

「何、聞き捨てならんな、その話……教えてくれぬか。あの母子を助けてやりたいのだ」

十四郎は框《かまち》に腰を据えて嘉助を見た。

嘉助は頷くと、

「そもそも、おかみさんは、お七さんを最初から若狭屋の嫁にする気などなかったのです」

話を切り出した。

「ふむ……」

「若狭屋は、塙様もご存じでしょうが、地回《じまわ》りの呉服を扱っております。それでこれも地回りの糸屋を営んでいたお七さんの実家とは取引があった訳でして、お七さんを見初《みそ》めた若旦那は、どうしてもお七さんを嫁に貰いたいと言い出したのです……」

ところが若狭屋のおれんは、嫁には店をより大きくしてくれる大店《おおだな》の娘をと、かねがね考えていた。

かといって言下に駄目だと撥ねつければ、与一郎は何をやらかすか分かったものじゃない。

事実、女郎屋通いもお七を見初めたことで中断していたが、いつまた始めるか分からない。

「女郎屋の女を身請けするなどと言い出さないとも限らない。そうなったら三百両ではすまないからね」

おれんはそんな言葉を平然と奉公人に漏らし、与一郎にも、

「いいかい、私はお前におもちゃを与えただけなんだからね、子供などつくるんじゃないよ」

念を押したというのであった。

嘉助はそこまで話すと深いため息を吐いた。

「奉公人の誰もが、そんな話はおかしいと思いながらも、口に出せば暇を出される。そう思うと黙っているしかないのです。与一郎さんにしたって逆らえません。与一郎はおかみさんに、もしもお七が子を孕《はら》んだ時には、首に縄をつけてでも流してしまい、そんなことを言われても黙って聞いているんですから……」

「そんなことを臆面《おくめん》もなく言う女なのか、おれんという女は……」

「全て店のため……これは私がここに移ってきてから見舞いに来てくれた手代の一人から聞いた話ですが、今度のお七さんの話も、若狭屋より一段格上の下り呉服問屋『室町《むろまち》屋』の娘さんとの縁談が整ったことがきっかけだったようでござい

ますから」

「それでお七はもういらぬという訳か……」

「おそらく……」

「そんな了見《りようけん》では、お七に赤子は置いていけと迫ったのも、育てるつもりで言ったのではないということか……」

「本家に子が生まれた時のことを考えて、どこかにやってしまうのだと思われます。お七さんの手元に置けば、若狭屋の血を引く者だと店にやってくることも考えられる。それが一番危惧しているところなんです、きっと……おかみさんの頭の中には、いかに若狭屋の屋台骨を太らせるか、そのことしかないんですから……」

「塙殿、だから嘉助さんは追い出されたのです。奉公人も長くいれば給金も高くなる。暖簾分けも考えねばならぬ。しかし不手際があったとして追い出せば、そのような手当はいらぬことになる」

佐一郎の目の奥には強い憤りが垣間見えた。

私なら泣き寝入りはしない。だが、この嘉助は一層の仕打ちを恐れて黙って引き下がっているのです。私はそれが歯がゆいのだと、佐一郎はわがことのように悔しがる。

　嘉助は佐一郎の言葉に弱々しく笑うと、

「おかみさんが神経を遣っているのは、縁談の決まった相手に、お七さんのような人がいたなどと知られないようにすることです。嫁の実家にこの先、若狭屋をいかにして支援してもらおうかと考えているのですから……なにしろ今度の縁談の相手は、若狭屋とは格においても一段も二段も上です。持参金だっておそらく五百両は下らないと思いますよ」

「よくよく強欲にできているらしいな、与一郎の母親は……」

「強欲も強欲、許せぬことです」

　佐一郎は怒気を含んだ声で言った。

四

「おい、半吉《はんきち》、手がぶれてるじゃねえか。脇を絞ってしっかり持て」

　深川佐賀町《さがちょう》、三ツ屋に近い大川端《ばた》の普請《ふしん》場で、男の声が飛んだ。慶光寺で赤子をあやしていた男だった。

建造物は川縁の蔵の一つだが、太吉《たきち》は組んだ足場に渡した板の上に乗り、鏝《こて》を使って蔵の壁を塗っていて、才取《さいと》りと呼ばれる泥を下から渡す、まだ十六、七の若い男を叱っているのだった。

「太吉兄ぃ、そんなことを言ったって……」

半吉と呼ばれた男は泣き言を漏らしながら、ふねと呼ばれる泥を練った箱の中に柄《え》の長い柄杓《ひしゃく》を突き刺した。

その姿勢で壁を塗っている太吉の後ろ姿を見上げていて、太吉の左手にある鏝板に泥がなくなるのを待っているのである。

「弱音を吐きやがって。おめえ、才取りができなくっちゃあ、土こねも、その先の調合もさせてもらえねえぜ」

「おいら、兄ぃのようにはいかないよ」

「馬鹿こけ、誰だって新米の時にはよぉ、子守から始まって、飯炊き掃除に、小間使いに風呂焚きと、一通りやってだな、そしてやっと才取りだ。お前もそこまできたんだから……」

太吉はそう言うと、

「おい、ぼんやりするんじゃねえ」

鏝板を突き出した。

半吉が柄杓にすくい取った泥を渡すと、

「よしいいぞ、その調子だ。いいかい半吉、俺もそうだが、おめえも母一人子一人だ。おっかさんがどんな思いでおめえを鬼政《おにまさ》の弟子にしたか考えな。一刻も早く一人前になって親孝行しなくちゃな」

太吉はそう言い聞かすと、また熱心に壁を塗り始めた。

尻切れ半纏《はんてん》に紺の股引《ももひき》、頭にはきりりとねじり鉢巻きの太吉である。

「藤七、慶光寺の門前に現れる、あのひょうきんな太吉からは想像もつかぬな」

道路を隔てた甘酒屋の腰掛けで、十四郎は甘酒を飲み終わった藤七に笑いかけた。

「はい。ああ見えても、なかなかの苦労人でございまして、太吉は今川町《いまがわちょう》の政《まさ》五郎《ごろう》という左官師の家に住み込んでおりますが、母親のおのぶは清住町《きよずみちょう》に住んでいて、近くの料理屋に皿洗いに行っています。その母親にも会ってきたんですが、太吉が親孝行だから、めげずに生きられると言ってました」

「親父さんや兄弟はおらぬのか」

「十年前の火事で、親父さんも妹も亡くなったそうです」

「十年前の火事……」

「はい。八丁堀から火が出て、金六町、幸町《さいわいちょう》、日比谷町《ひびやちょう》と、あの一帯を焼き尽くした火事です」

「すると太吉は昔、川向こうに住んでいたのか……」

「はい、幸町で親父さんと妹と家族四人が暮らしていたそうです。当時太吉の親父さんは小間物屋をやっていたようで、裏店とはいえ、間口一間半（約二・七メートル）の店も構えていたということですから」

「そうか、それが火事で焼け出されて……」

きびきびとした太吉の姿に十四郎が目を移した時、

「お待たせを致しやした。政五郎でございやす」

これまたきりりと尻切れ半纏に紺の胸当て股引姿の親方が近づいてきて頭を下げた。

「こちらの番頭さんから、何かお聞きしたいことがあるということでしたが……」

何でしょうというように、愛想《あいそ》のいい顔を向けた。

「うむ。なかなかの職人だと見ているのだが、太吉の腕はどんなものなのだ」

「下手の横好きって言葉がありやすが、あいつはよく辛抱してきました。ああして現場の塗りも任せておりやす。もうすぐ年季もあけますが、そしたら一本立ち。あいつはいい左官になりやすよ」

「ほう……」

「でも、どうして旦那は太吉をご存じで……」

「いや、近頃時々慶光寺辺りで見かけてな」

「慶光寺で？……はて」

「あの辺りに普請場でもあるのか」

「いえ、ございませんな。へえ、太吉がそんなところまで……」

「いやなに、別にどうということではないが、額に傷をつくった喧嘩っぱやい男のようだが、寺の門前で赤子をあやしたりして、それがなかなか堂に入《い》ったものでな、感心していたのだ」

「旦那、あいつは今まで喧嘩なんぞしたことはございません。あっしも喧嘩博奕《ばくち》は弟子たちに禁じておりやす。太吉の額にある傷は、足場を組んでいて手が滑ったものだと聞いておりやすが……」

　鬼政こと政五郎は笑みを漏らすと、

「まっ、左官が御入り用の折には、あの野郎にお目をかけてやって下さいまし。これからあいつには嫁を貰ってやらなくちゃあなりやせん」

鬼政は太吉に大きな信頼を寄せているようだった。

ただ、鬼政の言葉で分かったことは、太吉が慶光寺にたびたびやってきているのは、赤子の友七を見るために違いないということだった。

「十四郎様」

藤七は鬼政が立ち去ると、

「伊勢吉の話では、太吉は箱崎町にある煮売り屋の『いろは』によく行っているようです」

「箱崎町……川を渡ってそんなところまで行ってるのか」

「そのようです」

そういえば十四郎は、昨日嘉助の長屋を訪ねる時に、崩橋の袂でそれらしい暖簾を見たような気もする。

「日が暮れる頃に覗いてみるか」

十四郎はちらと太吉たちの姿に視線を投げると立ち上がった。

「おい、ここだな」

十四郎は金五に橋の袂にある暖簾を指した。

暖簾には、『煮売り酒や』と染め抜かれている。

煮売り屋は、たいがい腰高障子に煮売り酒の文字を入れたり、暖簾は暖簾でも縄暖簾をかけていたりする。

だが目の前にある店は、間口は一間半ほどだが、そこら辺りにある煮売り屋に比べると、なんとなく上質の雰囲気が紺の暖簾に漂っていた。

「太吉の奴、まだ親方の世話になっている身分で、こんなところに顔を出しているのか」

金五が言い、戸を開けて中に入ると、

「あっ」

店の奥の飯台に陣取っていた太吉が驚いて立ち上がった。

他に客はいなかった。

「何を驚いているんだ、太吉」

金五と十四郎は、太吉がいる飯台に近づいて、太吉と差し向かいに座った。

「だ、だって……旦那」

「調べたんだよ。俺も役人だ、捨て子に繋がる者を見つけ出さなければならんのでな」

「そ、そ、そりゃあそうです」

「何を慌てているんだ」

金五は笑って、

「そうだ、お前に紹介しておいた方がいいだろうな、こちらは橘屋の用心棒で塙十四郎だ」

「よ、用心棒……」

太吉は、肝を潰したような顔をしてみせた。

「しかし、まだ修業中のお前が、こんな店で飲み食いしているとはな、親方は知っているのか」

「し、知ってるよ」

太吉は言った。

「うちの弟と友達なんですよ、太吉さん」

女が近づいてきた。

「女将のおしのです」

三十にはまだ少しありそうな、上品な女だった。

太吉は、見ろっというような顔で見ている。

「そうか、なるほどな」

金五は言い、

「お前にも奢《おご》ってやるぞ、何でも頼め」

気前よく太吉にもあれこれ注文させ、おしのが運んできた酒で一杯喉を潤したところで、さて、と太吉を見た。

太吉は運ばれてきた鰻《うなぎ》を口いっぱいに入れたところだった。

金五と十四郎の出現は太吉にとってはあまり嬉しそうではなかったが、奢ってもらった鰻の蒲焼きには喜んで食らいついたのだった。

「お前が心配していたあの赤子だが、誰が捨てたのか、やっと分かってな。お七という女だ」

金五が言った時、太吉は、

「えっ……お七……」

口の中にあった鰻をごくりと飲み込み、奥の板場にちらりと視線を走らせた。

「だ、旦那、それで、そのなんとかいう女ですが、どこに住んでいるか分かったんですかい」

太吉は金五の顔を窺い、十四郎の顔を窺《うかが》う。

「もうすぐ分かるだろうな」

十四郎はわざともったいをつけて言った。

「すると、その女はどうなります？」

「お咎めはあるだろうな。お前も知っている通り、自分の子でなくても、つまり拾った子でも、いじめたり飯を食わせず飢え死にさせたりしたらどうなる……お咎めを受けるだろう？　ましてお七は子の母親だ。母親が子を置き捨てにしたとなると……」

「しかし、旦那方。何かふかーい訳があったかもしれねえじゃありませんか」

「黙れ黙れ。お前は、ひょっとしてお七の家出を手助けした者ではあるまいな」

金五が睨む。

「と、とんでもねえですよ。あっしは何のかかわりもござんせん。お七などという女の名は初めて聞きます」

「それならいいが、もしお前がお七という女を知っているのなら伝えてほしいと思ってな」

「本当に知りませんて。俺は女には縁のない男です……」

「そうかな」

じろりと十四郎が見た。

「お前は赤ん坊がどうなっているのか、腹を空かしていないか、他所《よそ》にやられてしまってはないか、そんな心配をして慶光寺を覗いていたのではないか」

「だ、旦那……」

「知らぬと言うのならそれでもいいが、もしお七を知っているのなら伝えてくれ。隠れていないで慶光寺に引き取りに来るのだとな。悪いようにはせぬ。母親なら我が子が愛おしい筈だ。母親の乳を探して泣く赤子を放っておいていいはずがない……さもなくば、赤子は見知らぬ人の手に渡す……」

十四郎は太吉の顔を見詰めたまま言った。

しーんと店の中は静まりかえった。

店の中だけでなく、板場の中まで息詰まるような空気に包まれている。

「まっ、そういうことだ。女将《おかみ》、勘定だ」

金五は巾着から金を取り出すと、

「行こうか」

十四郎とともに立ち上がった。

女将の見送りを受けて外に出て、二人は黙ってちらりと見合った。

――この店は、お七と無縁ではないな……。

二人の目が語っていた。

――おやっ。

十四郎は振り返った店の暖簾を割って入る若い男に目を留めた。

「どうした」

金五が聞いた。

「知っている男だ」

「誰だ」

「若狭屋のもと番頭嘉助の長屋にいた小倉佐一郎という若者だ」

「浪人だな」

「そうだ、えらく嘉助に同情していたが……」

「若狭屋に何か恨みでもあるのじゃないか」

「……」

――まさかとは思うが……。

踵を返した十四郎に、

「太吉め、俺たちを煙《けむ》にまいたつもりだろうが、まったく」

金五はいまいましそうに舌打ちした。

五

「お登勢様、小僧さんが出てきました」

お民は、咲き誇るつつじの道を引き返してきて言った。

二人がいるのは八丁堀にある玉圓寺《ぎょくえんじ》の境内だった。赤や紫、それに真っ白いつつじが門から本堂に向けて咲いていて、石畳を掃除していた小僧に住職への取り次ぎを頼み、花を眺めて返事を待っているところだった。

お登勢は境内にある縁台《えんだい》に腰かけていたのだが、お民は風呂敷包みを抱えたまま、こんもりしたつつじの道を行ったり来たりして花を楽しんでいたのである。

「本堂の方にお回り下さいませ」

小僧は、剃り跡も青い、くりくりした頭をぺこりと下げてお登勢に告げた。

「ありがとう」

お登勢は、小坊主に、

「お干菓子《ひがし》ですよ、後で頂きなさいな」

微笑んで包みを小僧の掌に置いた。

干菓子は出先の商家で出されたものだった。お茶は頂いたが、菓子は懐紙に包んで持って帰ったのである。

「ありがとうございます。和尚さんにお許しを頂いてからいただきます」

と言う。どうやら人から物を勝手に貰ってはいけないと躾けられているらしい。

「わたくしから和尚さんにはお願いしておきましょう。案ずることはありませんよ」

お登勢はそう言うと、お民を従えて本堂に向かった。

この寺に立ち寄ろうと思ったのは、昨日金五と十四郎の話を聞いたことによる。

友七を慶光寺の門前に捨てたお七と、赤子の様子を見に来る太吉は共に十年前にこの辺りを襲った火事に見舞われ焼け出されている。

どう調べても今の二人に接点はないが、その昔の火事が二人を結びつけ、太吉がお七に手を貸したのではないかと考えたからである。

江戸の火事はたびたび起こり、珍しいものではない。一度や二度焼け出される者はいるが、その者たちを救う制度も江戸にはあった。

火除《ひよ》け地やお救い小屋では、焼け出された者たちに食べものを、寺社でも食事や寝るところを提供していた。

十年前のあの火事で、お七が住んでいた金六町、太吉が住んでいた幸町、これらの町の人たちが駆け込んだのが、この玉圓寺であると知ったのである。

——和尚なら、何か知っているかもしれない……。

お登勢は、そう考えたのだった。

はたして、

「そうです。おっしゃる通り、この寺にも急遽《きゅうきょ》小屋を建てたりしまして……どれだけの人がここに助けを求めに来たことか……中にはひと月以上もここで暮らしていた家族もおりましたな……で、その時の何をお調べか」

和尚は、てかてかした頭をつるりと撫でてお登勢を見た。

丸顔の、団子鼻の、親しみやすそうな和尚である。

「ご記憶にあるかどうか、こちらにお七さんとか太吉さんとかいう子供たちも」

言い終わらぬうちに、

「ああ、おりました。あの子たちは今でもこちらに来ております」

「すると、二人はよく知った仲なんですね」

お登勢は思わず声を弾ませた。

「お七と太吉と佐一郎、二人じゃなくて三人組だ」

「三人……もう一人いたんですか」

「小倉佐一郎といって浪人の子じゃ。こちらは日比谷町に住んでいたんだが、同じように焼け出されてここに来たんじゃ。今は箱崎町に住んでいる筈だ」

あの、十四郎から聞いた佐一郎だと、お登勢はすぐに思った。

「亀が心配でな、様子を見にくるのじゃ」

和尚はくすりと笑った。

「亀……」

「この寺にいる亀でな、三人があの時拾ってきて、名を七太郎《しちたろう》とつけて池に放したんじゃ」

「七太郎……」

「自分たちの名を一字ずつとって名づけたらしいな」

「和尚様、あちらの池ですね。私、見ました。手を叩いたら近づいてきたんです」

お民が方丈の方を指して嬉しそうに言った。

和尚は頷き、

「この二年ほどお七は来なかったな。もっぱら太吉と佐一郎が来ていたように思うのだが……ご覧になりますか、お登勢殿」

和尚は、にこにこして立ち上がった。

和尚に案内されて池を覗くと、人の頭ほどの亀が、池の中にある石に登ってのんびりと眠っている。甲羅のつややかな、元気そうな亀だった。

和尚は亀を眺めながら、言った。

「あの火事で三人はそれぞれ大事な家族を亡くしている。拾った亀はその人たちの生まれ変わりに違いない、そう信じたようじゃ。その日より、三人は誓ったのじゃ。自分たち三人は切っても切れない仲になったと……」


「やっぱりな、太吉の奴め」

三ツ屋の二階で、お登勢から話を聞いた金五は歯ぎしりした。

「俺はあの赤子の為に着物一枚洗い張りに出す羽目《はめ》になったんだ。着物だけじゃないぞ、下着もだ。おしっこでべちゃべちゃだ。三度も背中で漏らされたんだ」

金五は喚いた。

「許してやれ。赤子は金五様の背中だからといって我慢する訳にはいかぬのだ」

十四郎は言い、お登勢と笑った。

「笑い事じゃないぞ。赤子は仕方ない、だが、事情があって慶光寺に子を一時捨てたとしても、何故引き取りにこないのだ。十四郎、こうなったら、しょっぴいてきて仕置きの一つもしてやらねばなるまい」

「まあ待て」

「何が待てだ、明日からお前が子守をしろ」

「金五、俺が言うのは、いまひとつ何か事情があるのかもしれんということだ」

「どんな事情だ」

「身動きできないんじゃないでしょうか、お七さん……若狭屋が探索の手をゆるめたとは聞いていません。伊勢吉の話でも、毎日若い者が四方に飛んでお七さんを捜しているようですからね」

「そのうち、慶光寺に赤子がいると嗅《か》ぎつけるやもしれぬよ」

「どうするんだよ、この先……お登勢、頼むぞ」

金五は今度は情けない声を出す。

その時だった。

「松波様がお見えになりました」

三ツ屋を任せているお松《まつ》がやってきて告げた。

「お登勢殿、少し手間取りましたが……」

松波はお松の後ろからするりと入ってくると、

「若狭屋の屋台骨を揺るがしかねない事件が、一昨年ですが、あったことが判明しまして」

厳しい顔でそこに座った。

「ありがとうございます。若狭屋にこれ以上手を出させないようにするためには、少々強引でも、何か若狭屋の口を塞ぐものはないものかと存じましてね。ご多忙ですのに、お手数をおかけしました」

お登勢は松波を心待ちにしていたようだ。

十四郎と金五は顔を見合わせて苦笑した。

お登勢のぬかりのない手配に、二人は呆気《あっけ》にとられたのであった。

「それで……」

熱い茶を松波の膝元に置きながら、お登勢は改めて松波を見た。

「深川の富岡橋《とみおかばし》の袂に『松葉屋《まつばや》』という料理屋がある。料理屋といっても売っているのは料理より女だ。女郎を五、六人抱えているらしく、つまり、居つきの女郎なのだが、その店にいた揚羽《あげは》という女郎が、上方に売られていく途中、藤沢《ふじさわ》の宿で首を括って死んだのだ。だが、実は若狭屋の手の者に殺されたのじゃないかと言われている……」

「……」

息を詰めるようにして聞いていたお登勢は大きく頷くと、十四郎を、そして金五を見た。

松波も力強く頷くと、

「つまりこういうことだ……」

話を継いだ。

若狭屋の与一郎がお七を妾同然に囲うまで、与一郎は揚羽のもとに通い詰めていたのである。

母親のおれんは、悪所通いも後の商いに生かしてくれればと高を括っていたのだが、揚羽が子を孕《はら》んだことが分かって慌てた。

おれんは激怒して、子堕ろしの医者を差し向け、揚羽に腹の子の始末を迫った。

しかし揚羽は承知しなかった。気のしっかりした女で、

「女郎だって人間だ、ごみのように捨てられてたまるものか。話をつけたかったら、百両出しな」

逆におれんを脅迫したのである。

怒り心頭のおれんは、これは金の問題じゃない。あの女は許せないと息巻いて、松葉屋の主に無理やりにでも子を堕ろさせてから上方に売ったらどうかと耳打ちしたのである。

むろん、揚羽が要求してきた百両は松葉屋にやると約束したのだ。

松葉屋はすぐに揚羽を押さえつけるようにして子を堕ろし、上方の女郎屋と話をつけた。

松葉屋にとっては、けっして損になる話ではなかったのだ。

「宿場役人の話では……」

松波は喉を潤して、

「宿場町にある神社の木で首を括っていたというのだが、近頃になって、浪人一人と町人一人、二人の男が揚羽を連れて神社に向かったのを見た者がいるというのだ」

松波は一同を見渡した。

単なる憶測ではなく、確かな手応えを得た顔だった。

「それが若狭屋の手の者だというのだな、松波さんは……」

「そうだ。実見した男は地回りの絹の仲買人で、若狭屋にも出入りしていた者だ。その者の今居る場所をつきとめて証言を引き出せば、若狭屋はぐうの音も出るまい。時間の問題だ」

「よし、朗報を待とう」

金五は膝を打った。

その時だった。

階段を足早に踏みしめる音がして、

「十四郎様、小倉佐一郎様のお姉さんが一刻を争うお話があるとかおっしゃって……」

お松が顔を出した。

「佐一郎に姉がいたのか……」

驚く十四郎の前に現れたのは、あの箱崎町で煮売り酒屋をやっている、おしのという女だったのである。

おしのには確か弟がいて、その弟と太吉とが友達だと言っていた。

おしのは手をつくと、

「申し訳ありません。私がお七さんを店で匿《かくま》っておりました」

深々と頭を下げた。

「何、ではなぜ、俺たちが店を訪ねた時に言わなかった」

金五は腰を浮かせて大声を上げる。

「弟たちに頼まれてやむにやまれず何も申し上げなかったのですが、塙様や近藤様がお帰りになった後で、お七さん、友七ちゃん愛おしさに泣いて……」

おしのは声を震わせる。

「それで弟たちが見るに見かねて、早く若狭屋と決着をつけ、お七さんの胸に友七ちゃんを抱かせてやりたいと言い出しまして……」

「三人は、十年前の火事で焼け出された時の友達同士らしいな」

「はい。何もかも失って、大人も子供も……そんな時に三人は焼け跡の泥の中から亀がはい出てくるのを見つけましてね。その亀が、これからの自分たちを守ってくれる亀だと信じてお寺に持ち帰ったのです。そしてその亀が縁で三人は深い繋がりが自分たちにはあるのだと考えるようになったのだと思います。一人の哀しみは三人の哀しみ、三人の哀しみは一人一人の哀しみ……ですから、お七さんの不幸は太吉さんの、佐一郎の不幸せ……お七さんの怒りはみんなの怒りだと……三人は苦楽をともにして歩むことを固く約束していたのです」

「約束を……」

「はい。その気持ちは私も大切にしてやりたいのですが、今度のことだけは、私から見れば無謀な計画、下手をすればみんな命をとられてしまうのではないかと……」

「それでここに……」

「はい。他にお縋《すが》りするところがございません。厚かましいとは存じましたが、どうぞ、お力添えくださいませ」

　手を揃える。

　おしのが煮売り屋の女将にしては、どことなく町場女にない雰囲気を持っているなと感じていた十四郎は、佐一郎の姉だと知って納得した。

　十四郎は立ち上がった。

「俺も行こう」

　金五も立ち上がった。

六

「申し訳ございません。ご迷惑ばかりおかけして……」

十四郎と金五が、おしのの店に駆け込むと、女が板場から走り出てきて頭を下げた。

「友七の母親お七だな」

金五が、ぜいぜい言いながら確かめる。

「はい」

お七は頷いた。

お七はまん丸い顔立ちで、高くもない鼻だったが、大きな目が濡れたように光っていて、まだ完熟しきれない若木のような色気があった。

白い頬には、子を産んだ女のつややかさが宿っている。

「他の者はどうした……太吉と佐一郎だ」

十四郎は店の中を見渡した。

客は一人もいなかった。

おしのが表に『休み』の張り紙をしていたからだが、店の中も奥もことりともしない静けさに包まれていて、お七の他に人の気配はなかった。

「お七さん、二人は出かけてしまったんですか、佐一郎たちは出かけたのですね」

遅れて店にたどり着いたおしのが叫ぶように言った。

「申し訳ありません。止めることができませんでした」

「ああっ……」

おしのは力なく腰掛けに座り込んだ。

十四郎はお七に、太吉と佐一郎は何をしようとしているのだ」

「話してみろ。太吉と佐一郎は何をしようとしているのだ」

十四郎はお七に、そこに腰かけろと促した。

お七は俯いて小さな声で、

「私の敵《かたき》をとってやるって……」

「何……」

「このまま黙ってやられてばかりじゃ駄目だって……」

お七の話によれば、昨日十四郎たちが帰った後で、

「もう慶光寺に長くは友七を置くことはできねえ。こうなったらお七ちゃんと友

七が、この先暮らしに困らないように若狭屋から金をとってやる」

　太吉がそんなことを言い出したのだ。

「それがいい。いつまで隠れていても解決するというものではないからな」

　佐一郎も同意した。

　だがお七は、

「お金はいりません。私、働きます。あの子と私をそっとしておいてくれれば、それでいいんです」

　必死に二人に訴えた。

　金のために妾のような暮らしをさせられ、今またこの身の決着を金でつけるなど、考えただけでも嫌だった。

　だが佐一郎は、

「お七ちゃんだけではないのだ、若狭屋に泣かされた人は。その人たちのためにも黙っていてはいけないんだ。俺が知っている番頭さんだった嘉助さんも酷い目に遭っている」

　佐一郎は若狭屋を辞めさせられた嘉助の話をお七にして聞かせた。

「それだけじゃねえやな」

太吉が吐き捨てるように言った。

「与一郎が子を孕ませた女郎が、いつのまにか深川から消えたというぜ」

「嘉助の他にも無一文で辞めさせられた奉公人はいる。このまま若狭屋を放っておいてはやりたい放題だ。世間に若狭屋の正体をはっきりとこうだと示してやり、懲らしめてやった方がいい」

「そうだ、嘉助さんの暇代も貰ってやろうじゃねえか」

太吉と佐一郎は代わる代わる声を震わせて言い、

「姉さん」

佐一郎は姉のおしのを呼ぶと、紙と筆を持ってくるように頼んだのであった。

それでおしのが知ることとなったのだが、

「どうやら若狭屋を脅す手紙を書いたらしいんです」

おしのがお七の話の終わるのを待って言った。

「馬鹿が……後ろに手が回ってもいいのか」

金五は飯台を叩いて、

「それで今二人はどこにいる……」

お七に聞いた。

「お姉さんが十四郎様のところに走ったと知って、慌てて二人とも出ていきました」

「お七ちゃん……」

おしのは何かを思い出したように立ち上がると、店の奥に走り、くしゃくしゃになった半紙を持ってきた。

「佐一郎が書き損じたものです」

十四郎が急いで受け取って読む。

——無垢なる娘を巧言をもって欺き、あまつさえ、その娘が産んだ赤子を非情にも始末しようとし、長年滅私奉公せし忠僕を無惨に放逐した罪、黙視し難きものこれ有り、満天下に晒されるを有恕願わくば、代わりに百両を持参して陳謝すべし——七太郎——

達筆だったが、百両という金額に線が引かれているところを見ると、提示する金額に迷いがあったということか——。

金五も引き取って目を通し、

「いっぱしの悪を気取ったつもりだろうが、間の抜けた脅迫状だな。だいいち何だ、この金額の訂正は……」

じろりと畏まっているお七を見た。

「私がお金はいらないとつっぱねたものですから、それで迷って……でも半分の五十両は嘉助さんの分だからこれでいいんだって……」

などと言う。

「しかし、これには日付と場所は書いてないが、心当たりはないのか、お七……」

十四郎が問いかけると、

「そういえば……亀島橋《かめしま》」

「亀島橋……越前堀《えちぜんぼり》に架かる橋だな」

「はい、私が若狭屋に行くまでは、あの橋の袂で二人と待ち合わせて、玉圓寺の亀を見に行ったんです。他には思いつきません」

「十四郎……」

金五は十四郎と視線を交わして立ち上がった。

「お咎めは受けませんよね」

お七が、行きかけた二人の背に叫んだ。

「間に合えばの話だ」

金五が突き放すように言った。

「お願いします。佐一郎さんを助けて下さい。太吉さんを助けて下さい。あの二人に何かあったら、私、私……」

お七は、わっと顔を覆った。


霊岸島《れいがんじま》一帯に暮六ツ（午後六時）の鐘が鳴ってまもなくのことだった。

霊岸島川または越前堀と呼ばれる流れに船の明かりが滑るように近づいてきた。

船は近づくにつれ、その舳先に吊り下げた提灯の明かりで屋根船だと分かった。

「太吉」

佐一郎の呼びかけに、太吉が強ばった顔を向けて頷いた。

二人とも鼠色の鉢巻きをしている。

太吉は半纏の下に白い晒しを巻き、手には匕首を鞘《さや》ごと摑んでいるし、佐一郎は襷をかけていて腰の刀に手をやっていた。

二人はその恰好で、亀島橋の袂にある荷揚げ場の物陰に身を隠すようにして腰を落とし、若狭屋の与一郎を待っていたのである。

脅迫状は、昨夜のうちに左一郎が清書してすぐに若狭屋に送っている。

「若狭屋か」

太吉が言った。

「たぶんな……見ろ、奴らだ」

二人の視線のむこうに船が停まり、御高祖頭巾《おこそ》の女が一人、続いて着流しの男が三人、これは髪の結い方からして町人で、最後に下りてきたのが総髪《そうはつ》に二本差しの浪人の姿だった。

「行くぞ」

佐一郎は飛び出した。

続けて太吉も勢いよく出ようとした。だが、蹴つまずいたらしく、足がくにゃりとなった。

「何してるんだ」

佐一郎に叱られて、太吉は歯を食いしばって出た。

「若狭屋の者だな」

佐一郎の声が静かな河岸に響いた。

一行が女を中にして立ち止まった。

「お前たちだけなのかい」

女が言った。

「そうだ、二人だけだ。何だそっちは、雁首《がんくび》揃えて」

太吉は言わなくてもいい台詞《せりふ》まで言ってやった。威勢のいいところを見せてやるつもりだった。

「威勢がいいじゃないか」

女は少しも怯《ひる》まずに言い、一歩出ると、

「もっともらしい文で感心したよ。書いたのはお前かい……」

女は佐一郎の方に目を向けた。

「そうだ、俺だ」

男の一人が龕灯《がんどう》の光を佐一郎に当てた。

光の中に、緊張で固くなった青白い佐一郎の顔が浮かんだ。

光が動いて、佐一郎の横にいる太吉に向けられた。

「こいつ!」

龕灯を持っていた男がうなった。

「おかみさん、この野郎ですよ、お七を逃がしたのは」

「お七はどこだ！」

金切り声を上げ、太吉に飛びかかろうとしたのは、どうやら与一郎らしかった。

「おやめ！」

御高祖頭巾の女が一喝《いっかつ》した。

「そうか、与一郎ばかりか、母親のおれんさんもお出ましだということか」

佐一郎は言い、ずいっと出た。

「お七はどうしている、何処にいるか言え」

与一郎が諦めきれずにまた聞いた。

「おやめったら、未練たらしく……お七も赤子も、この世から失せてくれたらよかったんだよ。それが若狭屋のためなんだから」

おれんは与一郎を一喝した顔を佐一郎たちに向け、

「金を渡す前に、そちらも証文《しょうもん》を持ってきたんだろうね」

「証文……」

「あの赤子は、お七が不義《ふぎ》をしてできた子で、若狭屋とは関係ございません。今後若狭屋に顔を出したり無心をしたりしませんとね」

「ごうつくばばあめ、そんなもんがあるもんか。第一、お七ちゃんは若狭屋の暖簾など二度と見たくもないと言ってるぜ」

太吉は怒りに任せて言い放った。

「証文をもらわなきゃ金は渡せない……それが分からないようでは……」

おれんは、すいと後ろに下がって、顎をしゃくった。

男たちが一斉に匕首を抜き、刀を抜いた。

「き、汚いぞ」

太吉が叫んだその時に、若い男が背を丸めて太吉めがけて走ってきた。

「あぶない」

佐一郎が太吉を突き飛ばして男の匕首をやり過ごした。

だが、

「佐一郎！」

よろめいた太吉は、浪人が佐一郎に斬りつけるのを見て目をつぶった。

――やられたか……。

恐る恐る目を開けた時、

「旦那……」

浪人の剣を躱《かわ》して佐一郎の前に立つ十四郎と金五を見た。

「馬鹿者！」

金五が太吉と佐一郎を叱った。

「だ、誰だい。邪魔しないでおくれ」

おれんが叫んだ時、

「誰かと聞くなら、こちらにもいるぞ」

松波が捕り方を従えて橋の上に現れた。

ぎょっとして見上げるおれんたちに、松波は言い放った。

「深川女郎揚羽の一件、おれん、お前の指図で、そこにいる浪人者が殺したことが明白になった。神妙に致せ」

「太吉」

「佐一郎」

二人は、へなへなと手を取りあって膝をついた。


からから……からから……。

金五が風車を回しながら橋屋にやってきた。

「よう、おはよう」

金五は表を掃いていたお民に声をかけた。

「だいぶん娘らしくなったな」

金五は、お民のぷりんと膨らんだ尻を見て言ったのだが、

「近藤様ったら、私、そんなに綺麗になったかしら」

顔を赤らめる。

「なった、なった。嫁に行けるぞ」

「きゃー、はっはっはっ」

お民は、転げるようにして笑う。何がおかしいのやら、そして不意にじろりと見て、

「近藤様も、おしっこの臭い、しなくなりましたね」

「嫌なこと言うな、お前は……」

苦笑しているところに、お登勢と十四郎が出てきた。

「あら近藤様、その風車……」

お登勢が金五の手にある風車に気がついた。

「お七に渡すのを忘れたのだ。お七はおしのの店で働いていたな」

「ええ、もう元気になって頑張っていますよ」

「そりゃあ、よかった」

金五は言い、体を二人に近づけて、囁いた。

「ところでお七は、どうするのかね。俺が見たところでは、太吉も佐一郎もお七にほの字だったがな、どうだ違うか」

「さあ、どうでしょう……」

お登勢はちらりと十四郎に視線を向けた。すると十四郎が、

「どちらと一緒になってもならなくても、お七は幸せになる。三人に限って恋のさや当てなどしたあげく仲間割れなど考えられんからな」

自信ありげに言った。

するとお登勢がすぐに引き取り、

「そうですとも、ずっと仲間だと亀に誓ったと聞いています。仲間割れしたらあの亀が怒ります。あの亀は三人の守り神なんですから……そうでしょう、近藤様」

「ふむ……まっ、そうかもしれぬ」

金五は曖昧《あいまい》に頷きながら、

――息の合ったところを見せつけて……。

十四郎とお登勢をちらちらと交互に見て苦笑した。

第三話　若《わか》萩《はぎ》

一

「いかがでございますか、お登勢様」

お町《まち》は、お登勢の髪を結い終えると、背後から鏡を覗きこんで仕上がり具合を見定めた。

お登勢は首を左右に動かして、鬢《びん》の張り、髷《まげ》の高さなど手を添えて確かめると、

「気に入りました、ありがとう……きつくもなくゆるくもなく頃合いです。いい腕をなさってるんですね」

微笑んで肩越しに礼を言った。

「腕のせいではございません。御髪《おぐし》が多くてしっかりしていて、しかも黒々とし

て艶《つや》があります。思っていた通り。お登勢様の髪を結わせていただいて、髪結い冥利《みょうり》につきます」

お町は少し離れてまじまじとお登勢の結い上げた髪を見た。

「あら、仕上がったのですね。お登勢様……」

仲居頭のおたかも気になっていたのか、お登勢の居間にたびたび顔を出していた。

「鬢は灯籠、しの字に結ってみました」

お町は目を細めて、お登勢の鬢が美しく透《す》けて結い上がっているのを改めて見る。

「おたかさん、お茶を差し上げて」

お登勢は襟にかけていた白い手ぬぐいをはらりと取るとおたかに言いつけた。

おたかは、すぐに台所に行った。

お登勢は通常玄関の様子が聞き取れる仏間にいるが、就寝時や着替えにはそれより奥の部屋を使っている。

お町は、手際よく盥《たらい》の水を捨てたり、櫛《くし》についた油を拭き取ったりして、慌ただしく道具を収め、お登勢と向き合って座ると、

「ご無理をお聞き届け下さいまして、ありがとうございます」

膝を揃えて手をついた。

実はお町はおたかが連れてきた髪結いだった。

普段お登勢は、他の髪結いに来てもらっている。髪結いが来ない日には女中や仲居の髪の結える者に頼んでいて、さして乱れのない時には自分で整えているのである。

ところが一昨日、おたかが町中でお町に声をかけられて、

「お登勢様の髪をぜひ一度結わせてほしいのです。二度とは申しませんからお願いしていただけませんでしょうか」

などと言われたのだ。

何かの折におたかと一緒のお登勢を見かけ、ぜひ一度あのような人の髪を結ってみたいものだとかねがね思っていたらしい。

おたかはお登勢にそのまま伝えたのだが、お登勢はあっさり承知してくれたのだった。

それで今日の髪結いとなったのだが、お登勢はおたかが茶を運んできて引っ込むと、

「お町さん、あなた、わたくしの髪を結いたいというのは口実なのではありませんか」

笑って言った。だが、その目はお町をしっかりと捉えていた。

「お登勢様……」

ごくりと茶を飲み込んだお町は、次の瞬間、

「恐れ入ります」

頭を下げて、

「実は私の知り合いに、絵草紙《えぞうし》屋のおかみさんで、おさやさんて人がいるんですが、ご亭主に怯《おび》えながら暮らしておりまして……」

居ずまいを正して切り出した。

「離縁を望んでいるのですか」

「ええ、ご亭主の名は治三郎《じさぶろう》っていうのですが、お妾さんが二人もいて、それはかりかたびたび手を上げるようでして、痣《あざ》をつくっているのなんてしょっちゅうです。でも、別れたいのはやまやまだけど恩のある人だからって、なかなか別れられないようなんです。お助けいただけないものかと存じまして……」

お登勢の顔を窺う目は真剣そのものである。

「話によってはお力になれると思いますが、離縁をするには、よくよくの決心が必要です。一緒になるのはたやすいのですが、別れるのは、その数倍もの決意がいります。その、おさやさんが本当に別れたいと思っているのかどうか、こちらとしましては、本人次第ということです。いくらお町さんが、あんな亭主とは別れたほうがいいのにと思ってもですよ、本人にその強い気持ちがなくては私どもは動くことはできませんよ……」

お登勢は、一度本人がこちらに来て、本人の口から仔細《しさい》を述べるよう、お町に告げた。

絵草紙屋のおさやという女がやってきたのは、三日ほど後のことだった。

色が白く柳腰《やなぎごし》で、目鼻立ちも整い美しい女だが、疲れが体にまとわりついているようで、一見薄幸な感じを受けた。

ちょうど十四郎も来ていて金五も同席したから、おさやは仏間で三人の前に座ることになった。

お町の話は事前に十四郎にも金五にも伝えてあった。

何から話してよいものかと迷っている顔のおさやに、お登勢が聞いた。

「お町さんからお聞きになったと思いますが、まずあなたの気持ちを聞かせて下さい。ご亭主とは離縁したい……そうなのですね」

おさやの目を捉えて言った。

「はい」

小さな声だが、はっきりとおさやは答えた。

だが、

「ただ……」

迷いのある目で見返した。

「ご亭主には恩がある、そのことで悩んでいるのですね」

「はい……」

おさやは言い、俯《うつむ》いた。

水浅葱《みずあさぎ》色の小紋にかけた黒襟が、うなだれたおさやの白い首を一層心許なげに見せている。

「分かりました。まずはその話からお聞きしましょう。何もかも正直にお話し下さい。ただし、はじめにお伝えしておきますが、あなたに非がある時には私たちは手を貸すことはできませんよ」

するとおさやは、こっくりと頷いて、

「私は加賀《かが》の城下町金沢《かなざわ》で生まれ育ち、御城下にある加賀友禅《ゆうぜん》の大店『加賀屋』で女中奉公をしておりました……」

ゆっくりと顔を上げてお登勢を見た。

「すると、加賀からこのお江戸に出てこられたのですね」

おさやは口を結んでこくりと頷き、再びお登勢の視線を逸《そ》らすように瞳を伏せて言った。

「加賀屋には五つ違いの壮吉《そうきち》さんという手代がおりまして、その壮吉さんと十七の時にゆくゆくは一緒になろうと約束したのです」

「……」

お登勢は、黙って見守っている十四郎と金五と目を合わせた。

おさやは視線を畳に落としたまま話を続けた。

「私と壮吉さんは、せめて通い奉公になるまでは辛抱して、旦那様の許可を頂いて夫婦《めおと》になり、さらに勤め上げて暖簾を分けていただいて、小さな店でも私たち夫婦の店を開こうという夢を持っておりました。ところが、壮吉さんに婿養子の話がございまして……」

「そう……まさか加賀屋さん……」

「加賀屋です。跡取りのお嬢様との縁談でした」

「まあ……それで、その壮吉さんは、そのお嬢さんの婿になったのですか」

「はい。命の続く限り一緒に暮らそう……そんな約束も忘れたように、世話になっている旦那様に逆らえないなどと言って、私とのことはなかったことにしてくれと言われました」

「そんな男、ろくでもない奴だ。別れてよかったのだ」

金五が言った。

「ええ……」

おさやは力なく返事をして、その時の自分はそんな所に思いをめぐらすこともなく、ただただ悔しい腹立たしい、自暴自棄になったあげく泥水稼業に足を踏み入れたのだと言い、

「あれほど固い心で結ばれていた私を捨てた壮吉さんへのあてつけでした。あんたが捨てた女がどんな道筋を辿っていくのか見るがいい……それを見れば、あんたの幸せも半減するだろう……報復する手だても他に考えられない私は、自分を傷つけ貶《おとし》めることで、壮吉さんへの復讐をはかったのでした……」

「ふーむ」

十四郎は組んでいた腕を解いて、改めておさやを見た。

――か細いようだが。

そこまで思い詰めて堕ちていく女の激しさが胸に迫った。

金五もお登勢も同じ思いでいるのが、おさやを見詰める表情に表れていた。

思い出した昔の怒りを払うように、おさやは息を吐くと話を続けた。

「そんな頃に兼三《けんぞう》という男と出会いまして、男と女の関係に……」

ところがその兼三は、一度関係を結ぶと冷酷になり、賭場の借金のカタに岡場所におさやを売り飛ばそうとしたのである。

その話を、江戸から金沢にやってきていた絵草紙屋の治三郎という男が聞きつけて、兼三と話をつけ、おさやを女房にしてくれたのである。

その時治三郎は、こう言ったのだった。

「あんたのような女を見ると放っておけなくてね。所帯を持とう。あんたはきっといいかみさんになる」

治三郎に優しい目で見詰められて手を握られた時には、おさやは心底救われたことを感謝した。

「この人のために生きていこう」

一度地獄の淵を覗いたおさやは、壮吉への気持ちをすっぱりと断ち切って生き直そう、この時そう思ったのだった。

それまでの自分の行動が浅はかだったことに気づいたのもこの時だった。

だが、おさやのそんな気持ちはすぐに砕かれた。

江戸に出てくるや、治三郎の化けの皮はすぐに剝がれた。

治三郎にはすでに女が二人いたのだ。

それに、絵草紙屋に関係があるとは思えない、得体のしれない男たちが出入りしたりする。

不審を感じておさやが尋ねると、いきなり、

「お前が口出すことじゃあねえ！」

怒鳴り声と一緒に鉄拳が飛んできた。

一度殴ったら二度三度と殴るのはなんでもないのか、それからはつまらぬことでも手を上げるようになった。

それでもおさやは耐えた。

岡場所に売り飛ばされそうになったあの時に比べれば、まがりなりにも絵草紙

屋の女房の方がまだましだと思うのだった。

だが、その堪忍辛抱に限界を感じたのは、おさやが身籠もったと知るや、

「足かせになるガキはいらねえ、始末しな」

治三郎がそう言って、すぐに怪しげな産婆を連れてくると、無理矢理おさやの腹の子を流してしまった時である。

おさやは泣いた。声を上げて泣いた。

そんな時に、お町と知り合い、積年の辛苦《しんく》を吐露したのであった。

そのお町が、橘屋の存在を教えてくれたのだと言い、おさやは話を終えた。

おさやの話に胸を塞がれていた三人は、しばし沈黙していたが、

「夫への恩とは、金沢で売られそうになったところを助けられた、そういうことですね」

お登勢が言うと、

「そんなものは恩ではないぞ。いま聞いた話が本当なら、別れるのに何の遠慮がいるものか」

金五が腹立たしげに言った。

「同感だな」

十四郎も頷き、

「ただ、離縁を望んでいると知ったら、亭主は黙ってはおるまい」

そうつけ足すと、おさやはびくっとした。

見る間に顔色が失せていく。

「あの、やっぱり、もう少し考えてからにします」

おさやに落ち着きがなくなった。

始終暴力を受けている女に時々現れる症状だった。

別れを望みながら夫の恐ろしさに負けて、また元の木阿弥《もくあみ》、生死にかかわる大怪我をするまで決心がつかないのである。

「おさやさん、ご亭主が怖かったら、この橘屋に逗留《とうりゆう》してもらっていいのですよ」

「ええ……」

お登勢が言った。

「そうだ。ここにいれば何も怖いことはないぞ。お前に指一本触れさせぬから安心しろ」

十四郎もおさやの萎縮した心を解くように言う。

だが、おさやはしばらく考えた後、

「ただひとつ、仕立屋さんに頼まれているお針の仕事がございまして、それを片づけないことには……」

「断ることはできないですか」

「はい。その着物の仕立ての依頼をしてこられた方は、一度もお目にはかかっておりませんが、今までずっと私の腕を買ってくださいまして、そのお陰で、私もお金を手にすることができました。やりかけた仕事をそのままにしては……」

それだけは、きちっとけじめをつけたいと、おさやはお登勢の顔をまっすぐに見て言った。

二

「旦那、起きていらっしゃいますか……十四郎の旦那」

斜め前に住んでいる鋳掛け屋の女房おとくのがらがら声が戸口でした。

——しまった、寝過ごしたか……。

十四郎は布団をはねのけて起きた。

なにしろ昨夜は、金五に誘われて飲み屋に行ったのだが、そこで金五に、

「慶太郎が可愛いのは分かる。千草は千草で、母上は母上でな……。だがどうして、こうまで育て方に違いがあるのだ……母上は抱いて腕の中で寝かした方が愛情が伝わると言ってきかぬ。すると千草は抱き癖がつくと言って俺に不満を零すのだ。次の日にはまた母上が、毎日慶太郎の世話に通うのはたいへんだから、組屋敷での同居を考えろと言い出すし、そしたらあの彦左の爺さんが、千草様は道場があるからそれは無理だ。この爺が慶太郎様のお世話は致しますので御懸念なくなどとやり返す始末……」

延々と愚痴を零されたあげく、一度千草と母上に、も少し力を抜いて育てろと、お登勢とお前で言い聞かせてくれまいか、などと言われたのである。

そのうちにな、などと十四郎は言葉を濁して酒を飲んだが、あの波江のすさまじい気性を考えたら、言い聞かすなどとんでもない話である。

つい深酒をしたと思ったら、どうやら寝過ごしてしまったようだ。

「起きているぞ、いや、今起きた。入ってくれ」

着物の前を合わせながら十四郎が外に向かって返事をすると、

「いてててて、おとくさん、放してくれよ」

おとくに耳を引っ掴まれた大工の佐吉《さきち》が入ってきた。

佐吉はおとくの家の隣に住んでいる男だが、つい先頃おたねという嫁を貰ったばかり、ところが三日前におたねと大喧嘩になり、大家の八兵衛、十四郎、おとくが中に入って二人の喧嘩をおさめてやったのである。

「佐吉じゃないか、どうした、また喧嘩したのか」

「そうなんですよ、旦那。おたねちゃんは怒ってどっかに行っちまったっていうんですから、あたしと旦那の手をあれほど焼かしといてさ……」

「いったい、どうしたのだ」

「旦那……実はおたねが今朝の味噌汁少ししょっぱくないかって聞いてきたもんで、そういえばそうかなって言ったんですよ。そしたら急にぷーって河豚《ふぐ》みたいに膨れちまって、文句を言うのなら自分で作ればって言うもんだから、てめえ、てめえが聞いたから正直に言ったんじゃないか。そう言ったら、しょっぱくても、ううん旨いよって言うのが亭主だろう、あたしのことを本気で想っていないからそんな口がきけるのよって、それで……」

佐吉はおたねの声音《こわね》を真似る力演である。

「出ていったのか」

「へい」

「ばかばかしい」

まずはおとくがしらけきった。

「おたねが消えたなんて大げさなこと言うもんだからさ、旦那、放っておきましょ」

「そうだな。おい佐吉、そのうちに帰ってくる」

「旦那……」

と情けない声を発した時、

「おたねちゃんならいたよ。両国《りようごく》橋の袂で甘酒飲んでたよ」

井戸端近くに住む魚屋の虎次《とらじ》がひょいと顔を出して言い、帰っていった。

「おたね……おたね」

佐吉は飛び出した。

「ったく……いい加減にして欲しいよ。旦那、起こしちまってごめんよ」

おとくが去ると、ほっとする間もなく、

「十四郎様……」

昨日の残りの冷や飯を膳に載せたところで、藤七がやってきた。

「まだでしたか」

藤七は、膳に載った漬け物と冷や飯を見て、遠慮がちに上がり框《かまち》に座った。

「構わぬ、話してくれ。何か分かったんだな」

「治三郎という男は、とんだ食わせ者かもしれません」

「おさやの勘は当たっていたということか」

「はい。治三郎には妾が二人おりまして、一人はおしげという女で、おさやさんより少し若い女です。おさやさんには小伝馬町《こてんまちょう》で『遊喜堂《ゆうきどう》』という絵草紙屋の店を任せていますが、おしげにも元町《もとまち》で『遊戯堂《ゆうぎどう》』という小さな店をやらせています。もう一人お梅《うめ》という妾がいるんですが、こちらは芸者あがり、新大橋《しんおおはし》東にある御籾蔵《おもみぐら》の北側の町、八名川町《やながわちょう》の仕舞屋に『長唄師匠』の看板を掲げていますす。ただ、弟子もなく看板倒れで、治三郎の閨房《ねや》の相手がこのお梅の役目になっているようです」

「ふむ、遊喜堂に遊戯堂か……何故同じ名の看板ではないのだ」

「それですが、表から見たところでは、二つの店に変わりがある訳ではありませんが、どうも遊戯堂の方が臭うんです……」

「臭うとは……」

「両方の店を任されているのが弥蔵《やぞう》という番頭で、治三郎が店に出ていることはありません。店番はそれぞれの店をおさやとおしげにやらせていて、弥蔵という番頭が治三郎に代わって二つの店を行き来しておりまして、これがくせ者です」

藤七が調べたところでは、おさやが任されている絵草紙屋は、客はもっぱら江戸の土産を求める旅人や、役者絵を欲しがる女子供で、どこにでもある絵草紙屋である。

ところがおしげが任されている店は様子が違う。

表の店構えは普通の絵草紙屋を思わせるが、客は男ばかり。勤番侍《きんばんざむらい》を筆頭に、中間《ちゅうげん》、商人、奉公人に職人とすべて男で、店に案内してくるのは番頭の弥蔵だった。

弥蔵は唇の薄い、青白い顔をした細身の男で、その目配りには冷たく残忍なものが垣間見えるが、客の前ではその片鱗《へんりん》も見せない。

客には丁寧に接している。そつのない振る舞いで客を案内してくるのである。

ところがその客たちが買い求める物は、表に出している商品ではないらしい。

店番をおしげに任せ、弥蔵は客を店の奥に案内していくのであった。

そして四半刻後、客は弥蔵と出てくるのだが、しばらくして、おしげに送られて表に出てきた男が治三郎だった。

客の相手をしたのは、治三郎に違いなかった。商いを終えたところで表に出てきたというところだろうか。

治三郎は、二言三言おしげに声をかけると、そこからお梅の家に向かうのだ。濃い眉の奥に底光りのする鋭い目を持ち鷲鼻の男である。歳は四十は過ぎていると思うのに、三人もの女を手にするだけあって、精悍《せいかん》な感じがした。

「つまり何か……遊戯堂では、店先では売れないものを売っているということだな」

「おそらく……」

藤七は、顔を引き締めた。

「治三郎に弥蔵か……マエのある人間かもしれぬな」

「続けて調べてみます」

「頼む。それはそうと、おさやの様子はどうだ……その後、亭主から乱暴された気配はないか」

「気づいていないのではないでしょうか。橘屋に相談にきたことが知れればただではすまないと思いますから」

「お登勢殿もそれを案じているのだが……」

十四郎は呟くように言い、藤七と目を合わせた。

その日の午後、十四郎は、本石町《ほんこくちよう》二丁目の横丁に仕立屋の看板を掲げている仕舞屋を訪ねてみた。

おさやが仕立ての仕事を貰っているという、あの仕立屋だった。

主は新六《しんろく》という者で、店は女房のお政《まさ》と切り盛りしていると聞いていた。

なるほど、仕舞屋は二階家だったが、一階の二つの部屋は仕事部屋になっていて、一部屋にはたくさんの請け負った反物が置かれ、もう一部屋にはお針子が三人、黙々と手を動かしていた。

十四郎を出迎えてくれたのは女房のお政だったが、二階からすぐに新六も下りてきて、十四郎が橋屋から来たのだと告げると、

「そうですか。とうとうおさやさん、決心しなすったんですね」

ふかしていた煙管《キセル》の首を煙草《たばこ》盆にぽんと打ちつけた。

お政もすぐに、

「よかったこと……私たちも言ってたんですよ、あんな亭主、さっさと別れてしまえばいいのに、歯がゆいことだって。何も亭主に頼らなくても立派にひとりでやっていける腕は持ってるんですからね」

するとまた新六が言った。

「持ってるどころじゃないよ。あの人の腕は大したものだ。旦那、うちではこうして、ひとつひとつ指導して仕立てさせている者もおりますが、おさやさんのような人は、自宅に持って帰ってもらって仕立ててもらってるんですよ。そういう人が五人ほどいるんですがね、お客さんの中には、おさやさんでなきゃ嫌だっていう人もいるぐらいなんです」

「そうなんですよ、旦那」

お政が話を取った。

「今度の仕事だって、日本橋のさる大店のお内儀様が、ご亭主ともども御大名家のお祝いの宴席に招かれましてね、そのお着物です。おさやさんをご指名で反物を持っていらっしゃいまして……」

「なるほど、それほどの腕とは知らなかったな」

「金沢の大店で修練した腕を持ってますからね」

「ふむ。そういえば、おさやは言っていたな。ここでの仕立ての仕事があるお陰で、自由になる金が入ってありがたいと」

「旦那、そのこと……」

お政は、早く言おうと慌てて喉に唾でも詰まらせたようにごくんと呑み込み、

「冗談じゃありませんよ。あの亭主は、おさやさんが仕立てで得たお金も半分はピンハネしているんですからね」

「……」

「呆れますでしょ、あの強欲には驚きますよ。それでもおさやさんは、ここで仕事をさせてもらえるからありがたいなんて言うのですよ。そうそういつだったか、その日本橋のお内儀様が仕立ての上手さに感激して、おさやさんに渡してくれとおっしゃいましてね、紙入れと短い手紙を私が預かったことがあるんですよ。それを手にした時、おさやさん、じいっとお内儀様の手紙を見詰めて、ぽろぽろ、ぽろぽろ……」

お政は言いながら、自分も思い出して涙ぐんだ。

「遊喜堂の女房だなんて見せかけばっかり、体《てい》のいい店番なんですよ。なんであんな男にくっついていなくちゃならないのかと、ああ、思い出したらまた腹が立

ってきた」

お政は息苦しそうに襟を広げたが、

「おさやさん」

戸を開けて入ってきた者を見て、びっくりした声を上げた。

三

「すみません」

おさやは、運ばれてきたおしるこを十四郎が勧めると、白い顔を俯けたが箸は取らずに口を噤《つぐ》んだ。

どことなく心ここにあらずといった雰囲気である。

「誰かに尾けられているわけでもあるまい」

仕立屋新六の家からおさやを送って出てきた十四郎だったが、先日会ったおさやとはどことなく表情が違ったことから、遊喜堂に帰るというのを無理やりこのしるこ屋に誘ったのだった。

むろん、おさやが誰かに尾けられているか否かは確認ずみである。

「亭主の治三郎はお梅のところか」

「えっ」

おさやはびっくりした目で十四郎を見た。

「調べてあるのだ」

「……」

「すると、今店番をしているのは弥蔵か」

おさやは頷き、

「仕立屋さんに来るのだけは何も言わずに出してくれますから……」

と言う。

「そうか、やっぱり弥蔵に見張られているんだな」

「……」

おさやは、口を噤んで首を項垂《うなだ》れた。

膝には仕立てている着物の八掛《はっかけ》にする生地が入った風呂敷を載せている。

おさやは着物の八掛の色が、以前に決めたものでよいかどうか新六お政に相談に来たのだった。

傍で十四郎も三人の会話を聞いていたのだが、八掛とは袷《あわせ》の着物の裾や袖口につける裏地のことで、裾回しともいうらしいが、この色の決め方で、表の着物の表情が微妙に変わるというので、呉服を勧める店の者も仕立てをする者も気を遣うところらしい。

あらかじめ着物の持ち主が八掛の色は決めてはいるが、時として再考することがあり、今度の着物は金糸銀糸の刺繡《ししゅう》も入った上物だったことから、おさやは格別神経を遣って新六夫婦に確認にやってきたらしかった。

十四郎は、おさやの仕事の終わるのを待っていたのだが、新六と熱心に話していた時とは打って変わって、一緒に新六の家を出たおさやの口は重かった。

「皆様に申し訳ないとは思いますが……」

しばらくの沈黙のあと、

「塙様、私、本当にあの人と別れて出直すなんてこと、できるのでしょうか」

おさやが言った。

「何を言い出すのかと思ったら……何かあったのだな、おさや」

「……」

「知れたのか、橘屋に来たことが……」

おさやは小さく頷いた。

「弥蔵か、番頭の弥蔵に尾けられていたのか」

「ええ……それであの夜、あの夜……」

おさやは顔を覆った。

おさやの脳裏に、橘屋から帰った夜のことが蘇る。

いつもはお梅のところに行く筈の治三郎が、遊喜堂に帰ってきたのである。

「おさや！」

夕餉を摂ろうとしていたところに帰ってきたのだが、その顔色を見ておさやは震えあがった。

治三郎は怒ると額に血の筋が走る。目は恐ろしく冷たくて唇は青くなった。

何度もおさやを殴った時の、その形相《ぎょうそう》だったからである。

おさやは言葉も発せず身を固くして両手で胸を押さえた。

隣の部屋には仕立ての着物が広げてある。

どんなことをしても、その着物だけは守らなければならない。おさやは恐ろしいのに、そんなことをちらと思った。

治三郎はちらと隣室に目を走らせると、

「おめえは仕立てでもして、ここでのんびり暮らせばいいんだ。橘屋の口車に乗って俺と別れるなんて言ってみろ。ただじゃあすまねえぞ！」

おさやの膳をひっくり返した。

「止めて下さい」

おさやは叫んだ。

「おさや！」

治三郎が、ドスのきいた声で言った。

「いいか、おめえが金沢で地獄に足を踏み入れかけていた時、俺になんて言って感謝したか忘れた訳ではあるめえ……それ以来、二人で力を合わせてやってきたじゃねえか、おめえとは他人様には言えねえようなこともやっている。それを全部忘れちまえるもんでもあるめえ」

治三郎は、底光りのする目でおさやを捉えていた。

その言葉は、治三郎がおさやを脅す決まり文句だった。

おさやは、ぐうの音も出なくなった。

ここで逆らおうものなら、その次にはすさまじい暴力が待っている。暴力の前触れだった。

おさやの体から力が抜けていった。

いていた。治三郎の脅しの口舌《こうぜつ》をじっと聞いて

——やっぱり駄目だ。もういい。できやしない。

おさやは失っていく気力をやり過ごして、治三郎の脅しの口舌《こうぜつ》をじっと聞いていたのである。

「言えないのか、おさや」

十四郎が声をかけるが、おさやは口を閉じて、俯いている。

「うっ……」

おさやは恐ろしさと虚しさで、しかし仔細を十四郎に告げることもできずに泣き出した。

そんなおさやを、十四郎は黙って見守っていた。

——おさやは考えていた以上に気を病んでいる……。

お登勢の仕事を手伝うようになってから、十四郎は何度かおさやのような女を見てきている。

清水《きよみず》の舞台から飛び降りるつもりで一度は離縁を決意した女も、いつまでも、その決意だけで突き進んでいくことはなかなかできない。

今決心しなければ一生できないという思いと、亭主と積み重ねてきたものを振り切るのは無理だという、もうひとつの思いの間で揺れるのが常だった。

「おさや、何も言わなくても、おおよその見当はついている。だがな、これだけは言っておく。諦めてはいかん。俺たちがついているってことを忘れるな」

「……」

おさやは小さく頷くと、

「ありがとうございます」

消え入るような声で言った。

それは決して諦めてしまった声ではなく、十四郎の励ましに改めて心を奮《ふる》い立たせた、恐る恐るだが気持ちを持ち直した、そんな声だった。

「さあ、すっかり冷めてしまったが、しるこをかたづけて帰ろう」

しるこを食べ終えると、十四郎は店の前でおさやを見送った。

遊喜堂近くまで送れば、万が一亭主か番頭の目にとまらぬとも限らないのだ。

おさやの頼りなげな背を見送って踵を返そうとしたその時、着流しの町人の男が横丁から出てきておさやを尾け始めたのに気がついた。

十四郎は後を追った。

着流しの男が足を速めておさやに近づき、その肩を叩いたのはまもなくだった。

振り返ったおさやが硬直したのが見えた。

おさやは、次の瞬間逃げ出した。

だがその腕は男に摑まえられて、

「止めて下さい！」

おさやが叫んだ。

「待て」

走り寄った十四郎に、男は懐に呑んでいた匕首を引き抜いて構えた。

「きゃー！」

行き交う人の中から悲鳴があがった。

「邪魔するんじゃねえや」

男は背を丸めて突進してきた。

「よせというのに」

軽く躱すが、男はくるりと向き直ると、今度は柄を持ち替えて右頭上に振りかざし、そのまま突っこんできた。それも躱されると、十四郎の懐を狙って突いてきた。

その刹那《せつな》、十四郎は伸びてきた男の腕を摑むと同時に男の足に足をかけ腰車を打った。

男は背後を打ちつけられるように地面に落ちた。

すばやくその腕を捩《ね》じ上げた十四郎は、

「おさや、知っている男か」

立ちすくんで見ていたおさやに聞いた。

「はい。金沢の……私の最初の」

「そうか、兼三という男か、この者は……」

金沢でおさやをもてあそんだあげくに女郎屋に売り飛ばそうとしたあの男かと、十四郎は男の顔をぐいと仰向けると、暗い顔をした男をきっと見た。

「ちっ、もとの女房に久しぶりに会って声をかけたんだ、何が悪いんだ……そんなことぐれえで番屋に連れてこられるとはな、冗談じゃねえぜ」

兼三はうそぶいた。

「町中で刃物を振り回したんだ、言い逃れはできぬ」

十四郎は即座に返した。

隣の部屋では、八兵衛と書役《かきやく》がこっちを窺っている。

ここは米沢町《よねざわちょう》の番屋だった。

十四郎は大通りを引っ立てるように連れてきた兼三を、自分が住む町内の番屋に連れ込んだのだ。

そうしたらちょうど八兵衛が当番で詰めていた。

いつもは冗談口を叩く八兵衛も、兼三の人相の悪さにはびっくりしたらしく、息を吐くのさえ抑えているようで、ことりとも音を立てない。

十四郎は、ふてぶてしい兼三の横顔に言った。

「何がもとの女房だ。おさやから搾《しぼ》り取るだけ搾り取っておいて、あげくに女郎屋に売り飛ばそうとしたんじゃないか。そこに治三郎が現れて拾い上げた……そう聞いてるぞ」

「なんだって……治三郎が拾い上げた……笑わせるぜ」

「違うのか」

「違うかどうか、今のおさやがどんな暮らしをしてるのか見れば分かるぜ。いいか、奴は根っからの悪だぜ」

「お前の口から悪と言われてもな」

十四郎は鼻先で笑ってやった。

すると、その態度に腹を立てたのか、

「いいか、あいつと俺との仲はだな、俺が奴の商いを手助けしてやったことがあって、それからのつきあいだ……」

兼三は治三郎との関わりをしゃべり出した。

それによると、三年前、治三郎は金沢にやってきたついでに、兼三の家に立ち寄った。

かねてより兼三は、治三郎の商いを手助けしてやっていたのである。

そこで治三郎は、兼三がおさやを売り飛ばそうとしているのを知ると、

「もったいない、俺に譲れ」

十両の金を出した。

だが兼三は、三十両でなきゃ譲れないとつっぱねた。

「分かった、手を打とう」

治三郎は根負けしてそう言うと、ただし持ち合わせは十両しかない。残りは次に金沢に来たときの支払いにしてくれと言ったのである。

兼三はしぶしぶ手を打ったが、

「旦那、その残りの金がまだなんでさ」

ぎろりと十四郎を見た。

「すると何か、その金を取りに来たのか」

「ああ、残金の二十両と、それに利子も貰わなくっちゃな」

「だったら、おさやには関係ない話だ」

「そうはいかねえ。奴が金を渡せねえと言うのなら、おさやは連れて帰らなきゃならねえ」

「許さん。おさやは物じゃないぞ。お前はよくよくの悪党だな」

「それを言うなら治三郎のことだ。奴は俺なんぞ足下にも及ばねえほどの悪党だぜ」

「ほう、ではその話を聞かせてもらおうか」

「ふん……」

兼三は口を噤《つぐ》んだ。

「そうか、言えぬ話らしいな。まあいいだろう。だがこれだけは言っておく。おさやに二度と近づくな。さもなくば、ここからまっすぐ牢屋送りになるぞ」

「旦那、そりゃあないでしょ」

「お前はおさやを売った。人買いに関わった者にはお咎めがあるのは承知だろう。親が娘を売るのとは訳が違うんだ。お前は罪に問われる」

兼三を睨み据えた。

四

「誰だあいつは……初めての顔だな」

藤七は、番頭の弥蔵に追い縋る男を見て独りごちた。

あれからずっと藤七は弥蔵を追っかけていた。

藤七の睨んだ通り、弥蔵の動きはただ者ではなかった。

ある時は賭場を訪れ、商人や奉公人たちが賭場から出てくると追っかけてきて、懐からなにやら摑み出して見せ、勧誘しているようだった。

また、旗本屋敷や大名屋敷の中間たちとも懇意のようで、頻繁にそれらの中間たちの顔で屋敷に出入りしているようだった。

そして、両国橋西袂で待ち合わせをして、客を遊戯堂に連れていくのである。

だが、いま万年橋の袂で弥蔵を待ち伏せしていた男の顔は、藤七は一度も見たことがなかった。

身なりは中間だが、着けている法被《はっぴ》は垢《あか》じみていてよれよれで、男が世過ぎに不自由しているのは見て取れた。

「あっ」

物陰から見ていた藤七は、思わず叫んだ。

男は弥蔵から小銭を握らされた様子だったが、不満らしくなおも弥蔵に取りすがり、刹那、弥蔵にぶん殴られてすっ飛んだのだ。

男は地面に蟹《かに》のように這《は》いつくばった。

弥蔵は、起き上がろうとする男を冷たく見下ろすと、その腹を二度三度と蹴り上げ、動かなくなった男の背に唾を吐いて立ち去った。

「酷いことをするもんだ。おい、立てるか」

藤七は、弥蔵が去っていったのを見届けて男に近づいて抱き上げた。

「すまねえ……」

泣きそうに言った男の体からは、饐《す》えた臭いがした。

頭には白いものが走り、口の周りにはごま塩のような髭が伸びていて、歳の頃は五十に近いように思える。

「さあ、とっつぁん」

藤七は橋袂にある屋台の蕎麦屋まで男を抱きかかえて連れていき、

「蕎麦を二つ」

注文して男を座らせた。

「いったい、どうしたんだ。話してもらえないかね」

藤七は運ばれてきた蕎麦を、夢中で掻き込む男の顔を見た。

「誰なんだい、あんた……」

男は箸を止めて汚れた顔を向けた。

その目の色には警戒と不安が浮かんでいる。

「とっつぁんの悪いようにはしない。なに、ちょいと調べていることがあるんだが、とっつぁんを殴った弥蔵は何をしてるんだ。知ってることがあれば教えてくれないか」

藤七は、巾着からすばやく一朱《しゅ》金を取り出して男の手に握らせた。

男は、ほんの一瞬迷っていたようだったが、一朱金を握りしめると、

「弥蔵は石川島《いしかわじま》にいた男だ」

蔑《さげす》んだ目で言い、藤七を見た。

「人足寄場《にんそくよせば》か……すると、とっつぁんとはどういう繋がりだ」

「俺は市助《いちすけ》という渡り中間をしていた者だが、あいつも昔は渡り中間だった男

さ」

「なるほど、それであちこちの武家屋敷に手づるがあるという訳だな……で、市助さんは昔の縁を頼って金を恵んでもらいにきたという訳か」

「冗談じゃねえや。そこまで落ちぶれてはいねえ。俺は奴に貸しがあるんだ」

市助は唾を飛ばして言った。

「貸しが……どんな貸し……」

「……」

「言いたくないのならそれでも結構だが、秘密を守ってやる価値があるのですかね。私が見たところでは、奴はもう二度とあんたさんを相手にするとは思えませんがね」

「ちくしょう、俺が老いぼれたと知って。許せねえ……」

歯ぎしりしながら市助は、弥蔵との関係を藤七に吐いた。

それによると、弥蔵は公にはできない遊戯堂の品を売りつけるために、好色な勤番者や旗本の殿様たちを紹介するよう昔の仲間に頼んでいるのだった。

市助もさる大名屋敷に半年前まで勤めていて、弥蔵に紹介した勤番者は五十数人になるという。

一人紹介すれば一分《ぶ》の礼金を渡す……それが弥蔵との約束だった。

つまり四人紹介すれば一両の礼金になる筈だったが、市助が手にしたのは五両のみ、そのうちに市助が老年を理由に屋敷から暇を出されると、弥蔵はわざと市助を無視して約束を反故《ほご》にしたのであった。

「腹の虫がおさまらねえ。だから奴に約束した金を貰いにきたまでだ」

市助は忌々《いまいま》しそうに言った。

「そうか、遊戯堂が扱っているのはただの絵草紙ではない、そうですな、市助さん」

「そうだ。奴らが扱っているのはあぶな絵を染め付けた九谷焼《くたにやき》の盃だ」

「あぶな絵……」

「そうだ、男と女の交合《まぐわい》の姿だ。酒を注ぎ入れるとその絵が揺らいで男女が動いているように見えるのだ」

「……」

「盃一つが一両もする代物だが、誘えばたいがいの男は買っていく。土産に幾つも買っていく者もいるから、遊戯堂の儲けは大したものだぜ、旦那……それを、たったの五両ぽっち」

市助はまた悔しがる。

――まさかとは思ったが……。

藤七は驚いた。

「市助さん、どうだろうね、その品が手に入らないだろうか……そうだ、勤番者の客として遊戯堂の中に入りたいのだが……」

市助はじっと見ていたが、

「分かりやした。あっしもこのままじゃあ腹の虫がおさまらねえ。知り合いの中間を使って話を持ちかければ疑われることもねえ」

市助は、獲物を捕らえる罠を算段するような目で何度も頷いていた。


「知っているのですか、この者を……」

同心は、検分していた男の遺体から顔を上げた。

男は御船蔵《おふなぐら》の堀に浮いていたところを引き上げられて、定町廻《じょうまちまわ》り同心が駆けつけたところだった。

「加賀のご城下から来ていた兼三という男だ」

十四郎は遺体の傍にしゃがんで、その体を見渡した。

「知り合いですか」

「……」

十四郎は、首の小さな刺し傷に気づいた。

「殺しだな……」

同心に言い、頷いた。

「殺し……酔っぱらって堀に落ちたんじゃないのか？」

同心は慌てて十四郎が指す傷を、びっくり眼《まなこ》で見て、

「いったいあなたは……」

「慶光寺の寺宿橘屋の者だ。与力の松波さんとは懇意にしている」

そう告げた時、十四郎は視界の端に気になる動きを見た。

濃い眉を持つ目の鋭い鷲鼻の男が、野次馬の後ろを横切って消えた。

──治三郎か。

十四郎は同心に手をひょいと上げると、

「元町にある遊戯堂の主がこの男と懇意だった筈だ」

そう言い残してその場を離れ、治三郎らしき男を追った。

治三郎は両国に出て、そこから西に向かった。

ひょっとしておさやのいる遊喜堂に行くのかと思ったが、そうではなかった。人通りの多い大通りを見え隠れするように治三郎を追いながら、

――兼三は治三郎に金の無心にやってきていた。兼三を殺したのは治三郎本人か、あるいは弥蔵か……。

いずれかだと思った。

――そんな輩と、あのおさやを一緒にさせておいては、いずれおさやも悪に手を染める。

ふつふつと怒りを覚えるのであった。

――おやっ。

治三郎が足を止めたのは、品川町《しながわちょう》の大通りにある新規開店の紅白の大段幕を張った店の前だった。

看板には『加賀屋』とあり暖簾には加賀友禅の店、江戸店とある。

「加賀屋……」

そうか、おさやが奉公していた店ではないかと十四郎は気がついた。

すると……加賀屋の主は、かつておさやが二世《にせ》を契《ちぎ》った壮吉ということになるではないか。

――その店に治三郎が……。

何をもくろんでやってきたのかと、ひやりとした思いで見ていると、店の中から供連れの着飾った娘と母親の客を見送って出てきた男が見えた。

客は上客らしく、送る方も店主と番頭手代が揃って顔を出している。

柔らかい物腰、整った顔立ち、そして誇らしげな眼差し、まだ若いが貫禄のある店主とおぼしきその男こそ、おさやが慕った壮吉に違いなかった。

壮吉は幸せそうに見えた。富と権力は一介の手代を、いっときのうちに大店の店主に仕立てていた。

その陰で、泣きに泣いて自暴自棄となり、転落して身も心も切り刻み、ようやくやり直そうとしている女がいることを、壮吉ははたして知っているのだろうか。

二人の暮らしを対比して考えてみている十四郎の胸に、苦々しいものが広がった。

――しかし。

その壮吉に、治三郎は何の用事があるというのか……。

まもなくだった。

客が去り、番頭手代が店の中に入っていくと、頃合いを見計らっていたように、ゆっくりと治三郎が壮吉に近づいて声をかけた。

一言二言、治三郎が壮吉の耳に囁くようにして告げている。

壮吉とおぼしき男の顔色が緊張したのを、十四郎は見逃さなかった。

だが、壮吉はすぐに笑顔を作ると、普通の客を応対するような素知らぬ顔で、治三郎を店の中に案内していった。

そのまま治三郎は、小半刻《こはんとき》（三十分）も出てこなかった。

五

「おさやさん……おさやさん……」

お登勢の呼びかけに、社《やしろ》に手を合わせていたおさやが振り返った。

「お登勢様」

おさやは小走りして、お登勢と十四郎が立つ榎《えのき》の下に走り寄ってきた。

「出てこられないいんじゃないかと心配しました」

お登勢は言い、おさやを境内にある腰掛けに誘った。

小さな稲荷神社だが、千代田稲荷は遊喜堂がある小伝馬町とは目と鼻の先、おさやを誘い出すために、お登勢はお民をつかって役者絵を買いにいかせて、ここで待っているという伝言を送っていたのである。

「大丈夫です。番頭さんはお武家様を連れて遊戯堂の方に参りましたから」

おさやの顔にも、ほっとしたものが見える。

「いくつかお聞きしたいのですが、兼三という人が殺されたのは知っていますか」

「えっ……いつのことですか」

おさやは、青ざめた顔で聞いた。

「死体があがったのは昨日のようです。十四郎様が見たところ、殺されたのに違いないって……」

「……」

「知らなかったようだな」

十四郎が言った。

おさやは頷いたが、怯えているのが見てとれた。

「それとももう一つ聞きたいのだが、お前は加賀屋が江戸店を出したのを知っているか」

「いいえ」

「すると、その江戸店にいる壮吉を治三郎が訪ねていったことも知らないんだな」

「あの人が、壮吉さんを……」

おさやは一瞬、硬直したように見えた。

「知らなければいいんだが、治三郎のことだ、また何か企んでいるのではないかと思ってな……」

「……」

「治三郎には法に触れる物品を売り捌《さば》いている疑いがある。まさかとは思うが、お前の名を出して壮吉にもその品を高く売りつけようとしているのかもしれぬ」

「……」

「おさやさん、十四郎様はあなたに何かあってはいけないとおっしゃってね。決して手を貸しては駄目ですよ。言いなりになっては駄目……仕立物が出来上がるまであと少しですもの……」

「お登勢様……」

おさやは言いかけたが、口を噤んだ。

「おさやさん、何……」

「……」

おさやの顔には迷いが見える。

「おさや」

十四郎が語気強く声をかけた。

おさやは二人の視線を避けるように目を伏せると、

「あの私、どうしても言えなかったことがあるんです。お話ししなければと思いながら、忌《い》まわしくて言えなかったことが……」

迷いを吹っ切ったようにおさやは言った。

それは昨年のことだった。

治三郎は、廻船問屋『西国屋《さいごく》』の宴席に、おさやをめかし込ませて弥蔵に言いつけ連れていかせたことがある。

なんのことはない。西国屋は大口の取引になる筈だから、今夜一晩西国屋の言いなりになるように、前もっておさやに引導を授けていたのである。

むろんその話を聞いた時に、おさやはすぐに断った。

だが、治三郎はねちねちとこれまでの悪縁を強調しておさやに話し、地獄の底から救ってやった亭主の言うことが聞けないのかと執拗《しつよう》に迫ったのである。

それ以上拒めば、いつもの暴力が待っていることは目に見えていた。

「なに、旦那の気にいらなければそこでお前の役目は終わりだ。ただな、何度も言うが、旦那の気を引いて商いに結びつけなければお前も俺もたちゆかねえ、それは分かるな」

治三郎はそう言い聞かせると弥蔵に言いつけ、半ば無理矢理におさやを連れていかせたのだった。

弥蔵はおさやを置いて先に帰った。

「あの人たちのしたことは……」

おさやはそこまで話すと、胸にあった怒りを吐き出すように、

「美人局《つつもたせ》だったのです」

哀しそうな声で言った。

「西国屋から金を騙《だま》し取ったのか」

十四郎は厳しい声で聞いた。

「はい……」

おさやは消え入りそうな声で頷いた。

「おさやさん……」

お登勢もさすがに驚いて、ちらりと十四郎と顔を見合わせる。

「いくら西国屋からせしめたんだ」

十四郎は、おさやから顔を背《そむ》けて聞いた。

「五十両です」

「なんとな……」

確かに自分の女房に他所《よそ》の男と寝てもらい、その上がりで暮らしている夫婦はいるにはいる。

世にいう船饅頭《ふなまんじゅう》というやつだ。

夜の闇に隠れて黒い着物を着た売娼婦《ばいしょうふ》が船に男を引き入れて春を売るのだが、その船の船頭はたいがい亭主と決まっている。

夜の川縁に出没する、他には暮らしのすべを見つけられない哀しい夫婦だが、治三郎の場合はそれには当たらない。

遊戯堂でたらふく儲けているにもかかわらず、更なる金の欲に目がくらんでのことだろう。

兼三といい、治三郎といい、おさやは壮吉に捨てられてから、よくよく男運がないらしい。

　そんな輩の言いなりに何故なったのかと、おさやを腹立たしく思いながらも、一方では、そんなことにも耐えてきたおさやが哀れだった。

「実は、同じようなことを昨夜、治三郎に言われました」

　おさやが言った。

「何」

「一度お前は俺と一緒に罪を犯している。いまさら善人面《づら》したって助かる道はねえのだと、そう言われました」

「いいえ、あなたに罪はありませんよ」

「でも、西国屋さんを罠に嵌《は》めたのは確かなんです。お畏《おそ》れながらと訴えられれば私は離縁が叶うどころか、罪人として牢屋に繋がれます」

「おさやさん、もう一度確かめますが、西国屋さんというのは、西国屋久兵衛《きゅうべえ》さんのことですね」

「はい」

「知っているのか……」

「ええ……」

お登勢は、一年前に向島《むこうじま》で催された野点《のだて》に招かれた時に会った久兵衛の姿を思い出していた。

西国屋は茶会に出ていた富裕な旦那衆の中でも、とりわけ押し出しのよい男に見えた。

お登勢に話しかけてきて、たわいもない話をした。飾り気のない剛胆な人柄だが、しかしそれは、他人には針の穴ひとつも開けさせない商魂あってのこととお登勢は見た。

――あの西国屋久兵衛が、治三郎ごときに騙されて黙っている筈がない。

密かに仕返しをしようと思えば造作《ぞうさ》もないことだし、奉行所に訴えることだってできる。

――なぜ……。

お登勢は思案していた目をおさやに向けると、

「私にお任せなさい、いいですね」

きっぱりと言った。

その晩のことである。

向島の料亭『花籠《はなかご》』で西国屋が遅咲きの桜を愛《め》でて会食していると聞き、お登勢は十四郎と向かった。

花籠の庭園には、薄い桃色のしだれ桜の下に緋毛氈《ひもうせん》が敷かれ、雪洞が灯されて、酒杯を傾ける西国屋を囲むように遊び女《め》たちが寄りそって、まさに宴もたけなわといったところだった。

お登勢と十四郎は花籠の番頭に庭園に案内されたが、しばらく女たちの踊りが終わるのを庭にある腰掛けに座って待った。

花のお江戸の日本橋　出船千艘《そう》入り船千艘
船に積みたる福の神　やーれこーの宝船
花の四月の宵の庭　おぼろ月夜にさくら花
水に垂れたる山吹《やまぶき》の　やーれこーの向島

片手に桜の花を、そうしてもう一つの手に山吹の花の造花を持って女たちの踊りが終わった時だった。

西国屋久兵衛がお登勢と十四郎に気がついた。

お登勢が立ち上がって小さく黙礼すると、

「お前たちはしばらく遠慮してくれ」

遊び女や仲居たちを庭から追い出した。

「これはこれは、思いがけないところでお会いしたものですな、お登勢さん」

西国屋は赤らんだ顔でお登勢を迎えた。

「お楽しみのところを申し訳ありませんが、少しお話を伺いたくてまいりました」

「はて、茶会のお誘いでもありますまい。なにはともあれ、あなたが私を訪ねて下さるとは。西国屋久兵衛、こんな幸せなことはない」

はっはっはっと久兵衛は照れたように笑うと、二人に座を勧めた。

「はて、何を話せばよろしいのかな。お登勢さんのその顔色では、あまり楽しい話ではなさそうですな」

「はい。西国屋さんは、おさやさんという人をご存じですね」

お登勢は直截《ちょくせつ》に聞いた。

「やっ……これはまた、何の話かと思ったら」

「正直にお話し下さいませ。おさやさんの一生がかかっています」

「いやはや、美しいお人にいきなり匕首を突きつけられては、ぐうの音もでませんの。いいでしょう。他ならぬお登勢さんのお尋ねだ。お話ししますがお登勢さん、その前に、なぜ私にそんな話をさせるのか、その訳を話していただけませんか」

「分かりました、お話し致します」

お登勢は、おさやのこれまでのことを順を追って話し、おさやが美人局に荷担した罪の意識で身動きできなくなっていることを告げた。

「なるほど、そういうことでしたか」

西国屋は大きくため息を吐くと、

「おさやさんを最初に見たのは、昨秋回向院であったご開帳に行った時のことでした。立ち寄った茶屋に、男ならなんとかしてやりたいと思わせるような薄幸の翳りを漂わせる女がいた……」

気になってちらちらと見ていると、女が立ち上がり、すぐに男が近づいてきて、あの女のためにお慈悲を頂けないでしょうかと言ってきた。

それが弥蔵だった。

弥蔵はおさやを指定のところにやりますので、気にいって下さったその時には、絵の一枚も買ってもらえないかと言う。

「旦那のお情けを頂ければ、おさやさんも喜びますぜ」

弥蔵は、女は遊喜堂という絵草紙屋をやっているのだと言った。

「おさやさんは承知なのか」

西国屋が尋ねると、

「もちろんですよ」

弥蔵は頷いた。

——よし、そういうことなら話に乗ろう。

それであの女の窮状に一灯を献じることができるのなら……そんな口実で西国屋は少し怪しい話だと思いながら話に乗ったのである。

約束の夜に弥蔵はおさやを連れてやってきた。

だがすぐにおさやを残して帰っていった。

「さあ、一杯やろうじゃないか」

西国屋は言ったが、おさやは震えていた。おぼこゆえの震えでないことは確かだった。

——そうか、やはりな。

西国屋は、悲壮なおさやの表情に全てを悟った。

しかし、弥蔵の筋書きに乗ってやらなければ、この女は後で痛い目に遭うに違いない。

「案ずることはありませんよ、何もしないから安心しなさい」

西国屋はおさやをそこに座らせて、世間話などして酒を飲み、弥蔵の後ろで差配している男の現れるのを待った。

一刻（二時間）後、西国屋の考えていた通り、男が尻をまくって現れた。

それが治三郎だった。弥蔵も一緒に来ていた。

「人の女房に手を出すとは許せねえ」

治三郎は啖呵《たんか》を切ると、百両の金を要求した。

「一銭も払いませんよ。美人局は死罪獄門、なんならお奉行所にこのまま行きますかな。私が一声あげれば控えている若い衆が飛んできますが、どうします？」

西国屋の毅然《きぜん》とした態度に治三郎は怯んだ。

窮地に立たされて険しい目をおさやに向けている。

おさやが後で治三郎に詰問《きつもん》されて折檻《せっかん》されるのは目に見えていた。

西国屋は言った。

「一銭も払うつもりはなかったが、おさやさんのために五十両出しましょう。私とひととき酒の相手をしてくれたその代金だ。ただし、二度とこの人をこんな目に遭わせたらただじゃあすみませんよ。よく覚えておくんだね」

西国屋はそう言っておさやの手に五十両を置いてやったのである。

「申し訳ございません」

おさやは両手をついて西国屋に詫びた。

顔を上げたおさやの双眸《そうぼう》には、幾重にも涙が膨れあがっては零れ落ちた。

だがその目の底に、弱々しいが光のあることを西国屋は見ていたのである。

「そういうことですよ、お登勢さん……嘘も隠し事もありません。それで全部です」

「すると、訴えるというようなことはないのですな」

十四郎が聞いた。

「ありません。おさやさんとは何もなかった。金も自分が納得して渡したものです。いや、年寄りの冷や水とはこのことです」

「かたじけない。おさやはこれでやり直せる」

「それにしても、あのおさやさんという人は……」

西国屋は、ふっと笑って、十四郎を、お登勢を見た。

「なんでございましょう」

お登勢はにこりとして西国屋を見返した。

「お登勢さん、若萩《わかはぎ》をご存じですな」

「若萩……ああ、芽吹いた若芽のことですね」

「そうです。あのおさやさんという人は、そういう人だと私は思いましたよ、お登勢さん」

「若萩でございますか」

お登勢の脳裏に項垂れているおさやの姿がちらと浮かんだ。

「萩の若芽というものは、首を垂れて今にも枯れてしまいそうな風情《ふぜい》ですが、水をもらうと凛《りん》として首を立てます。おさやさんの目を見た時、私はふっとそれを思い出しましてな」

「西国屋さん……」

西国屋は、はっはっと笑うと、後ろを振り返って座をはずしていた女たちを呼び、

「私の大切なお客さんだ。一等楽しい踊りを見せてあげて下さいよ」

西国屋は言った。

六

「お武家様、お茶だけでよろしいだなんて、それでは私が加賀屋さんに叱られます。こちらにお連れしたお客様は、加賀屋さんがお見えになるまで、加賀屋さんに代わってお世話するようにと言われているのですから」

『松屋《まつや》』の女将は困惑した顔で十四郎に言った。

十四郎は二階の窓から伊勢町堀《いせちょうぼり》の船の行き来を眺めていたが、茶を淹れ替えに来た女将の近くに腰を据えると、

「かまわぬ。馳走《ちそう》になりに来た訳ではないのだ」

「でも……お銚子ひとつでもお持ちしましょうか」

「いいのだ。それよりここに案内してくれた人は加賀屋のお内儀か……」

十四郎は、壮吉を訪ねて加賀屋にやってきたのだが、外出しているとかで、内儀と思われる女にここに連れてこられたのであった。

旦那様はまもなくお帰りになりますからとその女は言い、店に引き返していっ

た。柔らかい物腰で言葉にもそつがなく、壮吉の女房に違いないと思ったのだが、訪ねてきた用件が用件なだけに、踏み込んで確かめることはしなかったのだ。

「さようでございますよ。おちせさんとおっしゃるお内儀様ですが、よくできたお方で、まだ小さいお子がいらっしゃるのに、感心しております」

女将は淹れた茶を十四郎の前に置くと、何か御用がございましたらご遠慮なくと言い置いて下がっていった。

十四郎は熱い茶を啜りながら、ここに来るまでの慌ただしい出来事を思い出していた。

まず早朝に橘屋に向かうと、松波と金五が十四郎の現れるのを待っていた。

松波は十四郎の顔を見るなり、兼三殺しの下手人の見当がついたのだと言い、同心に十四郎が助言してくれたことが、大いに役に立ったと礼を言った。

松波の話では、兼三が死体で浮かぶ前の晩に、御船蔵近くの屋台の飲み屋で、兼三が弥蔵と会っていたのを見た者が現れたというのであった。

ただ、藤七の線から遊戯堂に勤番者の客として松波が入ることになっており、風紀を乱すご禁制の品を確実に手に入れた後に捕縛するのだと松波は言った。

「それとな、塙さん、治三郎のマエが知れた」

松波は頷いた。

するとは金五が話をとって、

「十四郎、奴はな、七年前、転がり込んでいた下谷《したや》の下駄屋の後家《ごけ》を殺し、有り金を持ってこの江戸から逃げていた、浪人の堀川治右衛門《ほりかわじえもん》だと分かったのだ」

それがいつの間にか江戸に舞い戻ってきていたのだと、金五は舌打ちしたのであった。

これでおさやの離縁は治三郎に有無を言わせずに成立する。

そう思って、その場にいた者誰もが安堵《あんど》したが、金五と松波が帰っていったすぐ後に、仕立屋の新六が息を切らして飛び込んできたのである。

「たいへんでございます。おさやさんが、治三郎さんと番頭さんにどこかに連れていかれたようです」

「詳しく話してくれ、落ち着いてな」

十四郎が、上がり框でぜいぜい言っている新六に尋ねると、新六はお民が持ってきた水を喉を鳴らして飲んで、事の次第を語った。

それによると、一刻ほど前、おさやは仕立て上がった着物を持ってやってきた。

「このまま深川の橋屋に参ります」

新六夫婦にそっと言った。

「その方がいいよ。ねえ、お前さん。店に帰ったらもう外に出られないかもしれないからね」

新六の女房は、着物の手間賃一分を包んでおさやの手に握らせた。

「すみません」

おさやは白い顔を上げて言った。

「いいんですよ、これはあんたのものなんだから」

新六夫婦は、おさやを送り出した。

だが、直後に表で叫び声がしたので、飛び出してみると、おさやは治三郎と弥蔵に左右を挟まれ、まるで岡っ引に引っ立てられる罪人のように連れていかれたのである。

「野郎……」

新六は歯ぎしりして見送ったが、どうしても心配が消えず遊喜堂に行ってみると、店は雨戸を閉《た》てて誰もいないようだと言うのであった。

「十四郎様、どこかに監禁されたのかもしれません」

お登勢が言った。

――お登勢の言う通りだ。

何を企んでいるのか、先日治三郎が加賀屋を訪ねていったことは十四郎が自分の目で見ている。

――加賀屋と何を取引しようとしているのだ……。

そこで十四郎は、すぐに加賀屋を訪ねてきたのであった。

「ふむ……」

それにしても、この料理屋に入って四半刻にはなるが……。

立ち上がって窓辺に近づいた時、

「お待たせ致しました。加賀屋でございます」

壮吉が入ってきた。

「塙十四郎様と承《うけたまわ》っておりますが、大事なお話とはなんのことでございましょうか」

「うむ、てっとり早く申そう。おさやのことだ」

「おさやさん……」

壮吉の顔色が変わった。壮吉は部屋の外にちらと神経を尖《とが》らせて声を潜めた。

「案じられるな、おさやの名は、店の誰にも話してはおらぬ」

壮吉は、ほっとしたような顔で頷いた。

十四郎は、おさやが立たされている状況を掻い摘んで話し、先日治三郎がお前を訪ねてきたのを実は見ていたのだが、奴が何を言ってきたのか話してもらえないかと壮吉に言った。

「話がだいぶ違うようです」

壮吉はまずそう切り出すと、

「治三郎という人は、おさやが私を恨んでいて、情け容赦なく捨てた恨みは必ず晴らすと言っている、そう言ったんです」

「ふむ、治三郎の言いそうなことだ」

「確かにおさやさんには酷い仕打ちを致しました。忘れてはおりません。ことあるごとに思い出して詫《わ》びてきました。さぞかし恨んでいるだろうと思ってきました。ですから、まさかとは思いながらも治三郎という人の言うことを、まんざら嘘とも思えなかったのでございます。そんな私の動揺を見抜かれたのでしょう……」

治三郎は、青い顔をして押し黙った壮吉に畳みかけるように言った。

「いいですかい、加賀屋の旦那。おさやって女は昔のおさやじゃあねえぜ。せっかく開店したお前さんの店に火をつけるかもしれねえんですぜ。何しろお咎めを受けるなんてこたあなんとも思っちゃいねえんだ。おさやは、お前さんや加賀屋に復讐することだけしか考えてねえんだから」

蛇のような目で壮吉を睨んだのである。

「塙様……」

壮吉はそこまで話すと、十四郎の顔を見直して言った。

「その時の話の様子では、塙様がおっしゃるように、おさやさんが治三郎に利用されているとは……むしろ、おさやさんは治三郎と組んで私を脅しに来たのだと思いました」

「で、何を要求してきたのだ。金か……」

「はい。二百両の金を要求してきました」

「二百両……」

「私には悔いがあります。おさやさんがこの江戸で人に脅しをかけなきゃならないほど惨《みじ》めな暮らしをしているのなら救ってやりたい……ですが、私は養子に入った身、誰にも内緒でそんな大金を持ち出せる訳がありません。そこで、百両ならばなんとかなると治三郎さんに言ったのですが……」

「いつだ、いつその金を渡すことになっているのだ」

「明日夕……場所は柳原土手《やなぎわら》、新《あたら》シ橋《ばし》南袂から下りたところだと……ただし、私は条件をつけてやりました。おさやさんに会わせてほしいと……おさやさんの手に渡したいと……そうでないと金は渡せないと……」

「そうか……それでおさやを連れ去ったのだな。あんたから金を取るには、どうしてもおさやが必要だったのだ」

「塙様、おさやさんを助けて下さい。お願い致します」

壮吉は膝を直すと、十四郎を真っすぐに見て手をついた。

翌日、隅田川から神田川に一艘の船が入ってきたのは、柳原の土手一帯が薄い茜色《あかね》に彩られた頃だった。

陽がまさにいま落ちかけんとして西の空を紅《くれない》に染め、それが柳原土手一帯をも包んでいた。

船はゆっくりと遡《さかのぼ》ると、新シ橋下の河岸に停まった。

治三郎が船から下りて河岸に立ち、辺りの様子を見渡して後、

「おい」

船の中にいたおさやを促した。

おさやが河岸に下りると、船は舳先を返して帰っていった。

「まだ来てねえようだが、いいか、俺が言った通りにするんだぞ」

「……………」

「分かってんのか、おい」

語気荒く治三郎は言った。

おさやは俯いたが、返事はしなかった。

——これは亭主のすることじゃない……。

おさやは、昨日からお梅の家に監禁されて、治三郎にこんこんと言われた言葉を思い出していた。

「別にお前に心にもねえ芝居をしろと言ってるんじゃねえんだ。昔お前は、壮吉が憎いと言っていたろう……その気持ちで奴と会えばいいんだ。何も言わなくていいんだ。俺がお前の代わりに言ってやる。百両ぽっちじゃ承伏できねえところだが、まあ、次はそういう訳にはいかねえさ。いいな、お前が俺の言う通りにしてくれたら、そうさ、別れてやろうじゃないか……だが、もし俺に背いたら、どうなるか分かっているな」

治三郎はそう脅したのであった。

おさやはそれを黙って聞いていた。

これまでならただ怯えて、それでも自分の生きる所はここにしかないと諦めていたが、今のおさやは違っていた。

治三郎は、もはや自分には無縁の人だった。

おさやには、新しく出直せるという望みがすぐ目の前にあった。

昨日新六の家から逃げることには失敗したが、今の自分には橘屋のお登勢様や十四郎様がついていてくれる。

――もう、一人ぼっちではない。

そう思って考えてみると、髪結いのお町だって、新六夫婦だって、あの西国屋さんだって、みんな私の味方だったではないか。

その人たちのぬくもりを、おさやは改めて味わっている。

そして、これまでには感じたことのない力が湧いてきているのをおさやは感じていた。

治三郎がどう脅そうと、おさやは治三郎の言葉を、遠い風のように聞いていた。

「来た……うまくやるんだぞ」

治三郎が橋の上を見て耳打ちした。

はっとして見上げると、茜《あかね》に染まる橋の上に、あの壮吉が立っていた。

「おさや……」

壮吉は走って河岸に下りてきた。

「ふん、金は持ってきたんだろうな」

治三郎は、おさやを前に押しやった。

「おさや……」

壮吉はじっとおさやに目を注いだまま言葉を呑み込んだ。

おさやも顔を上げて壮吉を見た。

二人の間には、人には知れぬ二人だけで過ごした時間が走馬燈《そうまとう》のように蘇った。

おさやの胸には、店の物陰でほんの一瞬壮吉に抱かれた時の、あの暖かい肌と吐息が押し寄せてくる。そしてその光景は、突然別れを告げて背を見せた壮吉の無慈悲な仕打ちの場面に変わった。

俄かに忘れていた愛情と憎しみが交錯《こうさく》する。

だがおさやは、壮吉を労《いたわ》るような笑みを送った。

「お前、私のことを恨んでいるかい……」

壮吉が、恐る恐る聞いた。

おさやは首を横に振った。

「おさや、何言ってるんだ。お前の恨みを百両で……」

治三郎が言いかけたその言葉を、

「いいえ、私は恨みなんて捨てました」

壮吉を見たまま、きっぱりと言った。

「おさや……」

「私のことは案じてくれなくてもいいんです。壮吉さん、そのお金を持って、早く、早く帰って下さい」

「てめえ！」

治三郎は懐に呑んでいた匕首を引き抜いた。

「待て！」

その時、土手を下りて二人の影が河岸に立った。

十四郎と藤七だった。

「十四郎様……」

おさやが走り寄った。

「治三郎、いや、堀川治右衛門、お前のことは何もかも知れているぞ」

十四郎はおさやと壮吉を背に回して治三郎に言った。

「てめえ」

治三郎は地を蹴って十四郎に飛びかかってきた。

「愚かな」

十四郎は抜き打ちに治三郎の突きを払うと、峰に返した刀で背を見せた治三郎の肩を打った。

「くっ」

肩を押さえた治三郎に、十四郎は言い放った。

「遊戯堂は今頃北町の手に落ちている筈だ。むろん弥蔵もだ。お前も年貢の納め時だ」

「出かける……どこに行くのだ」

十四郎が橘屋に呼ばれて行ってみると、お登勢が玄関で首を長くして待っていた。

お登勢はよそ行きの着物でめかし込んでいる。

「久しぶりに着物の一枚でも買おうかと思いましてね」

「まさか俺が一緒に……」

「はい。『駿河《するが》屋』さんに参ります」

「無理だ。俺は着物のことはとんと分からん」

「今日だけは……」

お登勢は手を合わせた。

するとお民が出てきて言った。

「おさやさんに仕立ててもらうって約束なさったんですよ、お登勢様は……」

「そうか、それで……」

治三郎も弥蔵も捕まって、おさやは寺に入るまでもなく自由の身になった。

今は仕立屋新六の近くの裏店に住み、上物の着物の仕立てに忙しいと先日十四郎も聞いていた。

「しかしお登勢殿、俺には女の着物のことは分からぬ。すまぬが他の者にしてくれぬか」

「駄目でございます。今日買い求めるのは十四郎様のお着物ですから」

「俺の……いいよ」

「いいえ、着た切り雀ではわたくしが笑われます」

お登勢は言い、さっさと大通りに出て歩き始めた。

「弱ったな……」

十四郎が苦笑して外に出ると、お民が走ってきて、

「とかなんとか言って……」

ふふふと笑うと、引き返していった。

「お民……」

怒ってみせたものの面映《おもは》ゆい。

十四郎は、お登勢の形の良い腰が揺れるのをちらと見ると、

「待て待て、急ぐな」

急いでお登勢に走り寄った。

第四話　怨み舟

一

対岸の水際に茂る草木の間から、突然けたたましい声を発して数羽の鳥が飛び上がり、慌ててはるかむこうに見える丹頂《たんちょう》の池に向かって飛んでいった。

──おやっ。

十四郎は、草木の中に何か動いたような気がしたが、傍で糸を垂れていた楽翁《らくおう》はそれには気づかなかったのか、笠の縁をついと上げて飛んでいく鳥を見送ると、

「十四郎、もう帰るか」

あきらめ顔を十四郎に向け、垂れていた糸を上げた。

「お帰りが遅くなります。それがよろしいかと存じます」

十四郎も糸を上げ、左手の先に白い渦を巻いている水流をちらと見た。

ここは鐘《かね》ケ淵《ふち》と呼ばれている、隅田川と荒川《あらかわ》と綾瀬川《あやせがわ》が交わる三俣《みつまた》のところである。

水の流れが少し渦を巻いていて、その昔この淵に釣鐘《つりがね》を落として引き揚げられなくなってより、この辺りを鐘ケ淵と呼ぶようになったと聞いているが、他では釣れない魚がいるらしい。

そこで楽翁は十四郎を誘って朝から船を仕立て、弁当持ちでやってきていた。

楽翁は着流しに袖無し羽織をひっかけて、頭には網代笠《あじろ》を被った姿で、一見どこにでもいるご隠居姿である。

そして十四郎も着流し網代笠姿で、二人は綾瀬川寄りの大きな合歓木《ねむのき》が川に枝を広げている場所に船を繋いでいたのだが、意気込みとは裏腹に収穫は小魚ばかりだった。

楽翁が住む『浴恩園《よくおんえん》』には、ちょっとした湖かと思えるような海から水を引き入れている池があり、そこには近海の魚が一杯泳いでいる。

当然船を浮かべて魚釣りも存分に楽しめるのだが、

「引き入れた池の魚を釣るのは飽きた。十四郎、たまには供をせい」

楽翁は、はらはらしている用人を説得してやってきたのだ。

しかし、供は十四郎一人、

――楽翁様の身に何かあっては……。

十四郎は神経を尖らせていたので、帰ると言われて正直ほっとした。

「一刻もすれば陽が落ちます。お屋敷の方々も心配なされておりますから」

十四郎は隅田川に船を回させて帰路についた。

だが、

「待て……」

楽翁は駒形堂《こまがたどう》で船をとめた。

「この近くに魚を捌くのがうまい板前がいる」

小魚の入った魚籠《びく》を持って、さっさと下りてしまった。

十四郎も下りるしかない。

船頭を待たせて楽翁に従った。

楽翁は『江戸すずめ』と染め抜いた暖簾がかかった店の前で立ち止まると、

「この茶飯屋《ちゃめしや》だ、魚釣りや隠居どもが気楽に立ち寄り、好きなだけしゃべって帰ってくれという気持ちで作った店だそうだが、なかなかおつな物を出してくれるのだ。主は、もう二十年以上も前の話だが、わしのために働いてくれた御庭番だった男でな、小野田平蔵《おのだへいぞう》という者だ。今は隠居してこの茶飯屋を開いているのだが、これがそこいらの板前など傍にも寄れぬ腕を持っている」

「しかしご隠居、この小魚では……」

十四郎は魚籠の中の小魚を覗いて苦笑した。

「何、どんな魚でも奴なら捌ける」

楽翁も苦笑いして中に入った。

「いらっしゃいま……」

板場から顔を出した板前で主の平蔵が、楽翁の姿を見てびっくりして飛んで出てきた。

「おひさしぶりでございます」

「これ、挨拶はいらぬ」

楽翁が唇に人差し指を押しあてて笑った。

「恐れ入りまする」

平蔵が小さな声で頷くと、

「この男は慶光寺の寺宿の橘屋の御用を助けてくれている男でな、塙十四郎という者だ」

楽翁は十四郎を紹介した。

「お見知りおきを……」

茶飯屋の主とは思えぬきらりと光る目で十四郎に頭を下げた。

「二人を一度会わせておきたいと思っていたのだ、はっはっ……すまぬがついでにこれを調理してくれ、鐘ケ淵に行ってきたのだ」

平蔵に魚籠を渡した。

平蔵は魚籠の中を覗くと、にこりと笑って、

「なんとかしてみましょう。どうぞ奥の部屋にお通り下さいませ」

「いや、ここの腰掛けでいい。旨い酒も頼む」

楽翁は腰をかけて見渡した。

店には商人体の男が二人、差し向かいに座って飲んでいるだけで、他には客はいない。

とはいえ、

「ご隠居……」

十四郎は楽翁のあまりの気楽さを窘《たしな》めるように声をかけるが、

「突っ立ってないで早く座れ」

楽翁は機嫌よく言った。

お登勢は、方丈に入るなり春月尼がお登勢の膝前に寄せてきて開いた紫の風呂敷の中を見て、驚愕の声を上げた。

お登勢と一緒に方丈に入った十四郎も藤七も覗いて驚きの声を上げた。

三人が驚くのも無理はなかった。

「これは……万寿院様」

今日お登勢は万吉を連れ、万寿院が修理に出していた小鼓《こつづみ》を取りに行ったのだが、その帰りを何者かに襲われて、小鼓の入った風呂敷を奪われた。

命からがら逃げてきたお登勢は、帰宅するや十四郎と藤七とともに万寿院に詫びるために慶光寺にやってきたのだが、その話をする前に、奪われた小鼓が無残な姿で目の前にあるのである。

桜の木の胴に蝶や草花の蒔絵《まきえ》を施した、万寿院愛用の小鼓……しかし、その小鼓は朱の調べ（麻の綱）とともに真っ二つにされているのであった。

「つい先ほど何者かが門前に置いていったようですが、これはいったいどういうことです？」

　春月尼は顔を強張らせてお登勢に聞いてきた。

「申し訳ございません。戻る途中に何者かに襲われました。その時に、この小鼓を奪われまして、ご報告に上がったところでございます。どのようなお咎めでもお受け致します」

　お登勢は平伏した。

　小鼓はかつて万寿院がお万《まん》の方として大奥で暮らしていた時の思い出の品だと聞いていた。

　不慮《ふりよ》の災難に遭ったとはいえ、謝ってすむものではないとお登勢は考えていたのである。

「お登勢……」

　万寿院は静かに呼びかけた。

「わらわにとっては小鼓よりそなたが大事、そなたが無事に帰ってこられただけで良いのです」

「万寿院様……」

「ただし、そなたと万吉を危ない目に遭わせ、このような卑劣なことをする輩を見過ごすことはできません。何があったのか、わらわにも詳しく教えてくれぬか」

ひたと見た。

「はい……でも」

お登勢は戸惑った。

万寿院の小鼓を真っ二つにして送りつけてきた下手人に尋常でない不吉なものを感じたからである。

だが、万寿院は気丈《きじょう》に言った。

「わらわを案じてくれるのはありがたいが隠さず話してたもれ、何を聞いても驚きませぬ。楽翁様からこちらの寺に入るお話を頂いた時より、こういうことは覚悟しておりました」

「万寿院様……」

「心強い十四郎殿も金五殿もいるではないか。十四郎殿、金五殿でも手を焼くようなら、御公儀の力を借りなければならぬ。そのためにはわたくしも事の次第を知っておかなければ……そうであろうお登勢……よいな、全て話すのじゃ」

万寿院は凜然と言い切った。

「お話し致します……」

お登勢は手を膝に戻して姿勢を直すと、

「大伝馬町《おおてんまちよう》の鼓師内藤《ないとう》様のお家を出て干菓子を求めようと存じまして『日吉屋《ひよし》』に立ち寄りました。ところが吟味《ぎんみ》しているうちに万吉がいなくなったことに気づきまして表に出ましたところ……」

破落戸《ごろつき》風の若い男が近づいてきて、

「橘屋のお登勢だな、小僧を預かってるぜ」

耳打ちしてきた。

「万吉を……」

息を殺して尋ねたお登勢に、

「しっ……小僧の命を助けたかったら……」

来い、と言うように顎をしゃくった。

「いったい誰です。何故このような」

「来るのか来ねえのか、来るのなら黙ってついてくるんだな」

ぎらりと睨む。

「分かりました」

お登勢はきらりと睨み返すと、男の後をついていった。

「お登勢様、畜生、放せ！　卑怯者！」

万吉は亀井町《かめいちょう》の東河岸にある竹森《たけもり》稲荷の社の傍の空き小屋で宗匠《そうしょう》頭巾の男に首根っこを摑まれていたが、お登勢の顔を見るなり急に元気が出たのか男に喚いた。

竹森稲荷は、境内に無数の竹が茂っていて、しかも人通りの少ない河岸にあることから、ちょっとやそっと大きな声を出したって人に気づかれることはない。

万吉はここに連れてこられたのが怖かったに違いない。目が腫《は》れ、頰に涙の跡があるところを見ると、本当は怖くて泣いていたらしい。

「その子を放しなさい……大の大人が、恥ずかしいと思わないのですか！」

お登勢は気丈に言い放った。

見れば頭巾の男は濃い茶の絹物の羽織と揃いの小袖をまとっており、どこかの裕福なご隠居のようである。

「噂に違《たが》わず気丈な女やな、ふっふっ……いいか、お前さんに忠告するためにここに来てもらったんや」

男は大きな三白眼《さんぱくがん》でお登勢を睨んだ。鼻の脇に大きな黒子《ほくろ》のある男だった。

「なんでしょう、卑怯《ひきょう》な真似をしないでおっしゃい」

「黙れ……ええか、人助けを気取ったお前たちの行いは、一方で泣き寝入りさせられてる者がいるいうことを忘れるんやないで。お前たちを恨んでる者は大勢いるんや。万寿院とて同じこと……。命が惜しかったらつまらん御用は止めることや。わしは、お前たちに恨みを持つ男の代わりだとでも言っておこうか。ええな」

男は上方訛りで言った。

「さて、どなたが私どもを恨んでいると言うのでしょうか。こんな卑劣な手段を使って人を非難するなんて、恥を知りなさい」

「なるほど、人の話は聞けんと言うんやな」

「恨むなりなんなり、好きなようにすればいい。ただし、こんな卑怯な真似は止めなさい。万吉、行きましょう」

お登勢はつかつかと寄って万吉の腕を引っ張った。

「てめえ……」

その時だった。若い男が殴りかかってきた。

だがお登勢は、帯に挟んでいた扇子でぴしゃりと男の手を打ち据えると、返す刀で扇子を頭巾の男の喉元に突きつけた。

「うっ」

頭巾の男が怯んだ隙に、

「万吉、逃げなさい」

男の手から万吉を引き離したが、その時、お登勢の手から風呂敷包みが落ちた。

「あっ」

風呂敷包みを拾おうとしゃがんだお登勢の前に、男の足がぬっと出てきた。その足は風呂敷包みを踏みつけている。

「返して下さい。大切なものです」

「分かっとる。万寿院の小鼓やな」

ふっふっと笑いを漏らして頭巾の男は懐に呑んでいた匕首を引き抜いた。

「何をするんです」

叫んで風呂敷包みに手を伸ばしたお登勢の首に、頭巾の男は匕首を突きつけた。

「帰って万寿院に伝えるんや。いつまでも仏面《ほとけづら》して澄ましてられると思うなよ……言うことを聞かなければ……」

頭巾の男は、風雅《ふうが》な形《なり》とはそぐわぬ顔をして匕首を振り上げると、思い切り風呂敷包みに突き立てた。

「万吉……」

お登勢は、頭巾の男の凶悪さに驚いて、万吉の身を庇《かば》いながら竹森稲荷を走り出たのであった。

「万寿院様……」

お登勢はそこまで話すと、万寿院の顔を改めて見上げて言った。

「返す返すもわたくしの不手際、お許し下さいませ」

「よい。それにしても大胆な……十四郎殿、きっとその者を捕まえて真相を究明するように」

「はっ」

十四郎は神妙に頭を下げた。

その脳裏に、つい最近寺入りしたお房《ふさ》という女の亭主、船頭の粂三《くめぞう》の姿がふと浮かんだ。

粂三は、女房のお房を寺に入れたと不服を言いつのり、隙あらば報復してやろうと思ってか、険悪な形相をして橘屋の周りをうろついているのを何度も目撃されている。

その粂三が、佐内町《さないちょう》の裏店を空け、行き方知れずになって半月になる。

——あの粂三ならやりかねん。自分の手では報復が難しいと思って人を頼んでやった仕業《しわざ》かもしれぬな……。

思案の顔をゆっくりと上げた十四郎に、

「十四郎様……」

藤七が目顔で庭を指した。

池の傍で草むしりをしているお房の姿がそこにあった。

十四郎は険しい顔で頷いて見せた。

藤七は頷き返すと、すっと立ち上がり、急いで退出していった。

二

木挽町《こびきちょう》一丁目に御府内でも有名な風呂屋がある。

通常の水を沸かした風呂ばかりではなく、温泉風呂や薬草風呂などさまざまな趣向をこらした大きな風呂屋で、屋号は『富士乃屋《ふじのや》』という。

富士乃屋に来るお客は、近隣の町に住む町民や武家屋敷に住まう者たち、それに木挽町に立つ芝居小屋や見せ物小屋の者たちまで入りに来るから大変な繁盛と聞いている。

その風呂屋で、粂三の父親吉三《きちぞう》が住み込みで風呂焚きをしていると聞いた十四郎は、早速木挽町に足を運んでみた。

吉三の居場所は、藤七が佐内町の粂三が住む長屋の者に聞き込んで、ようやく分かったのだった。

十四郎は、富士乃屋の主に断りを入れて風呂屋の裏庭に回った。

吉三はすぐに分かった。

若い者に混じって、斧で割った薪《まき》を拾い集めている痩せた白髪頭の老人が一人だけいる。他には粂三の父親に見合う歳の者がみえないことから、その老人が吉三に違いなかった。

若い者と違って薪をたくさんは運べず、しかも薪を抱えた足元はおぼつかない。

だが、老人はけっして若い者に手を貸してくれなどという素振りはしなかった。

時折若い者たちと声をかけ合ったりして、一人前に働こうとしているのが見ていて分かった。

「粂三の親父さんの吉三だな」

十四郎が近づいて声をかけると、

「へい……」

骨の浮き出た汚れた手で薪を抱えたまま、ごま塩頭をぴょこんと下げた。

吉三は顔も煤《すす》で真っ黒だった。

「爺さん、ここはいいから小屋に行って話しなよ」

傍を通った若い者が声をかけてくれた。

吉三は、寝起きしている小屋に十四郎を案内してくれた。

小屋は、一畳ほどの土間と三畳ほどの板の間になっていて、板の間には三つの布団が並べて敷きっぱなしになっていた。

どうやら相部屋の者がいるらしいが、いずれにしても薄い夜具がある他はなんにもない部屋で、

——年老いた吉三が、こんな暮らしは辛かろう……。

そう思うと、十四郎は親の面倒を見るどころか、ふらふらと根無し草の暮らしをしている粂三に腹が立った。

十四郎が橋屋から来たと告げると、吉三は察していたらしく、

「馬鹿倅《せがれ》が面倒をかけまして……」

煤で汚れた黒い顔を伏せた。

「とっつぁん、とっつぁんにまで心配かけたくなかったんだが、そうもいかなくなったのだ」

「あの馬鹿が……何かまたご迷惑をおかけしたんでございやすね。どうぞ、何でもおっしゃって下さいまし……」

「うむ……」

十四郎は、恐る恐る見上げた吉三に頷いた。

実は昨夜のこと、藤七がとうとう条三の居場所を突きとめていた。

条三は居酒屋で初老の男に馳走になっていた。

宗匠頭巾の、鼻の脇に黒子のある男で上方訛り……お登勢を襲った男に違いなかった。

条三はその男を「浪泉《ろうせん》の旦那」と呼んでいて、「旦那があそこまでやるとは思わなかった……」などと言い、頭巾の男から、「お前も意外と気の弱い、見かけ倒しの男やな」と冷笑されていたのである。

話の内容から、条三がお登勢の襲われる場面を隠れ見ていたのは間違いなかった。

十四郎はその報せを藤七から受け、吉三に会いに来たのであった。

一部始終を吉三に話した十四郎は、宗匠頭巾の男に心当たりはないか聞いた。

「すると、粂三はその男とつるんでいる、そういうことですか、旦那……」

「そうだ、間違いない。浪泉とは俳号《はいごう》か何かで、別に名があるのだろうが、目の大きい鼻の脇に黒子のある男だ、上方訛りのな」

「上方訛り……」

「記憶にないか……粂三は日本橋川の両脇に立つ大店の商品を船で運んでいたらしいじゃないか」

「申し訳ねえが、あっしには聞いた覚えがございません」

吉三は、本当にすまなそうに言うと、

「旦那、あっしはねえ、もうあいつのことは諦めているんでございやすよ。どうとでもして下さいまし」

「とっつぁん……」

「昔はああじゃなかったんですよ、あいつも。まじめに働いて、誰よりも船漕ぐのが速いっていうのが自慢だったんでさ」

「ふむ」

「ところがある日のこと、知り合いの女房が苦しみ出して、船で医者に運んでもらえねえかと……断りきれねえで引き受けたんだが、その女房は船の中で苦しみ出して、身悶えしているうちに誤って川に落っこちて死んじまったんでございやすよ。それからは運に見放されたようになりやしてね。仕事はこねえ、酒は飲む、博奕はするで、とうとうお房も家を出ていってしまったんでごぜえやす。あの事故さえなければと思うものの、いまさら……もうどうしようもありやせんや」

吉三が哀しそうなため息を吐いた時、

「放せ、放してくれ」

粂三の声がしたと思ったら、藤七に首根っこを摑まえられた粂三がやってきた。

「昨日は取り逃がしましたが、今日は一人で居酒屋に来たものですから……」

「何か分かったか」

「それが、頭巾の男は浪泉とかいう上方の男らしいのですが、粂三が飯や酒を奢ってもらって橘屋への憎しみを愚痴っていたところ、浪泉が自分も怨みがある、手を貸そうなどと言い出して。ですから粂三は浪泉が何者か知らないというのです」

するとすぐに粂三が叫んだ。

「嘘じゃねえ、あいつの正体なんて知るもんか」

「馬鹿野郎」

睨んで見ていた吉三が、粂三の頬を張った。

「何するんだよ、とっつぁん。そうじゃねえか、お房の奴が勝手なことするから、おとっつぁんだって家出てこんなところで釜炊きすることになったんじゃねえのか」

「分からねえ奴だな、おめえは。お房のどこが悪いんだ。え……悪いのはてめえじゃねえか」

「親父……」

「わが息子ながらもう黙っちゃいられねえ、お房に口止めされていたが、聞かしてやる」

吉三は目を吊り上げると、そこに座らされている粂三の傍にしゃがんで、

「あれだけ借金まみれだったおめえがよ、何故訴えられずに済んだのか、おめえ、考えたことがあるのかい」

「そ、そりゃあ、相手が諦めてくれたんだろうが……」

「馬鹿、どこまで馬鹿なんだ、おめえは……この世にそんな仏がいると思ってい

るのか……いいか、よく聞け、おめえの借金はなあ、お房が払ってくれたんだ」

「お房が……」

粂三は、きつねにつままれたような顔で父親を見た。

吉三は、怒りに震える体を何度も大きく息をして整え、諭すような声で言った。

「お房はなあ、おめえがいつか船屋を始めるためにと金を貯めていたんだ」

「まさか……冗談言うなよ、親父」

「聞け……お房が昼間は下駄の鼻緒の内職をして、夕刻から小料理屋の下働きをしていたことはおめえも知っている筈だ……その上に俺の面倒までみてくれてよ。それだけでもありがたいのに、おめえを訪ねて借金取りがやってきた時、払わなければお奉行所に訴える、そうなりゃあおめえの亭主は罪人だと脅されて、それまで貯めていた金を、ぜーんぶ渡しちまった」

「嘘だ……嘘だ」

「嘘じゃねえ、お房のために救われたというのに、おめえは……もう顔も見たくねえ。いっそ、いっそ……」

吉三はそこにあった薪を振り上げた。

「とっつぁん……」

十四郎は吉三の腕を掴むと、怯えた目を一杯に見開いている粂三をぐいと睨んだ。

「あの者と手を切るのだ。約束できるな……粂三！」

「へ、へい」

粂三は我に返ったように、

「か、必ず、二、三日のうちに、け、け、けりをつけやす」

その場に手をついた。


その夜、粂三は佐内町の長屋に久しぶりに帰った。

意を決したように家を出たのは、翌日の日暮れ時だった。

藤七は、長屋の木戸から出てきた粂三の後を尾けた。

粂三が改心して宗匠頭巾の男と縁を切るのを見届けるためにも、また宗匠頭巾の男の正体をつきとめるためにも、粂三の行動を追尾する必要があったのだ。

宗匠頭巾の男の恐ろしさは、お登勢を襲い、万寿院に陰湿な警告をしたことばかりか、四、五日前には橋屋を裏木戸から覗いていたと今朝になってお民が告げたのだ。

その時、男はごん太に吠えられ、持っていた杖を振り回してごん太を追い払おうとしていたらしい。だが、お民が出ていくと大きな三白眼でぎらりと睨み、ぶつぶつ言いながら去っていったようだ。しかし、

「あんなお金持ちのご隠居さんのような人が……」

お民は気味悪がっていたのである。

つまり男は、橋屋にも堂々と姿を見せていたことになる。

しかし、金五も含めて、藤七、お登勢、十四郎も加わって、これまで扱った駆け込み全てを洗い直してみたが、上方言葉を使う浪泉という男は浮かんでこなかった。

藤七がこの仕事に関わって一番古いのだが、先代のお登勢の夫の時代に遡ってみても、浪泉なる姿は見えてこなかったのである。

浪泉が誰かに頼まれたということも考えられるが、異常な憎しみの深さからして当事者に間違いなかった。

金五は以来、寺の門を閉め切って、自身も寺務所に籠もり、寺内の警護に目を光らせている。

――おっと……。

尾けていた藤七が立ち止まって物陰に身を潜めた。

佐内町を出て江戸橋を渡った粂三が、小船町《こぶなちょう》一丁目で西堀留川《にしほりどめがわ》を背にして立ち止まって考えている。

『さらしな』という暖簾をかけた店だった。屋号の傍に下り酒ありとある。

飲み屋らしいが、金のない粂三あたりが入る店ではなかった。

ところが粂三は、後ろを振り向いて、引き返そうかと不安な表情をちらと見せたが、重い足取りで店の中に入った。

藤七もすぐに中に入った。

――なんだここは……。

店の中は奥半分が碁会所になっていて、上げ床の畳の部屋で数人の商人風の男たちが碁を楽しんでいた。

そして手前が飲み屋のそれになっていて、腰掛けは飯台一つ分だけで、あとは全て腰より少し高いくらいの屏風《びょうぶ》で仕切った上げ床で、客が四、五人座れる座敷になっていた。

粂三はその一つに上がって表に背を向けて座っていた。

「何に致しましょう」

小女《こおんな》が藤七に近づいてきて言った。

藤七は粂三が座った隣に屏風を背にして座している。

「旨《うま》い酒をおくれ」

藤七は小さな声で言った。

「おわかちゃん、むこうも頼むよ」

帳場から女将らしい女が顔を出して言った。

「はい」

藤七の注文を聞いた女が、慌てて奥の碁を囲んでいる男たちの方に走っていった。

その時だった。

後ろで気配がしたと思ったら、

「待たせたな、粂三」

しわがれた男の声がした。

――宗匠頭巾の男、浪泉に違いない。

藤七が息をころして背中に神経を集中して聞いていると、

「浪泉の旦那、すみません。実はいろいろ考えたんですが、あっしがお役に立つことは何もございやせん、ですから今日かぎり」

立ち上がろうとすると、

「手を切るというのか」

鋭い声が飛んだ。恐ろしげな声だった。

粂三は縮こまったのか、返事がなかった。

ふうっと浪泉のため息が聞こえたが、

「自分の憂さ晴らしを人にやらせて、もう御用済みというわけか、粂三……」

浪泉が言った。

「申し訳ありやせん」

「あの程度でもう幕にしようというのか、粂三……女房に悪知恵をつけた奴らを許せねえと言っていたのは誰だ……お前とわしの共通の敵はあいつらだ。それが分かったからこそ盟友の契りを結んだのじゃなかったのか……」

「め、盟友……」

「ちっ、盟友も分からへんのか……」

浪泉の口から上方言葉が出た。

「申し訳ありやせん」

粂三が謝った。

「しかしなんやな、わしが二十年以上もの間、この胸に抱いてきた悲願もこれで終わりということやな……」

大きな落胆のため息を吐く。

藤七には、そのため息さえ芝居だと思えるのに、肝心の粂三が心を動かされたらしく浪泉に聞いた。

「この期《ご》に及んでなんですが、旦那……その悲願とはなんですかい。あっしと同じ女房のことですかい」

「粂三……ええかよく聞くんや。世の中には身に覚えのない濡《ぬ》れ衣《ぎぬ》を着せられて泣く不運な人もいるのや」

「へ、へい」

「お天道《てんと》様が本当のことだけを照らしてくれるなんて嘘や……不当な裁断を天の声のように言い渡されて、一家が離散し、塗炭《とたん》の苦しみをなめさせられる者だっているのや……それがこのわしや」

「へっ、旦那が……」

「わしだけではない。もっと苦しまれた方もいるんや」

「も、もっと……すると悲願というのは、旦那方を苦しめた奴に恨みを晴らす……」

「しっ」

一度制するが、今度は小さい声で浪泉は言った。

「一矢《いっし》報いたい、それだけや……どうや、金はお前の望むだけやるから、もう一度考えてくれ……手を貸せ、粂三」

「だけど俺は、あっしは……」

「お前でなければできぬ仕事があるのや……耳を貸せ」

浪泉の声はそこではっきりしなくなった。

数に数えて十ばかりして、俄かに二人が立ち上がる気配がした。

これからどうするのかと、藤七はじっと聞き耳を立てていたが、二人の気配が店の中から消えたのを知った。

はっとして店の中を見渡すと、粂三の姿がない。

「ちょっと、今隣にいた二人は何処に行った」

通りかかったおわかという小女に聞いた。

「ああ、浪泉さん……裏の方からお帰りになりましたよ」

「何……」

藤七は裏口に走って裏通りに出た。

むこうの角を曲がる二人の姿がある。

――しめた……。

藤七は用心深く二人の後を追った。

二人は隣町の堀江町《ほりえちょう》一丁目の横丁を入った仕舞屋に入った。

――そうか、ここがあの男の住まいだな……。

藤七は、そこまで見届けて引き返した。

三

『さらしな』は、五ツ（午後八時）の鐘が鳴るや小女のおわかが下駄を鳴らして表に出てくると暖簾を外した。

戸を閉めて明かりも小さくしたようで、店の中はしんとしている。

客はもういない筈だから、中にいるのは女将のおふねと板前の三次《さんじ》、それに接客をするおわかだけで、下働きの五十前後の女はとっくに帰っている。

「十四郎様、首魁《しゅかい》と思われる男が現れるのはまもなくです」

河岸に店を出す屋台の蕎麦屋で、十四郎と張り込んでいる藤七が十四郎の耳に囁いた。

粂三が再びさらしなに現れるのを待って張り込んでいた藤七は、三十を過ぎた商人風の男が頻繁にやってくるのを知った。

おふねはどうやらその男の囲い者らしかったが、浪泉とその男が店の奥でひそひそ話をしているのを藤七は見た。

そこで十四郎が張り込むことになったのだが、はたして灯を小さくしてまもなく、提灯の明かりを手に三十過ぎの男がやってきた。

男は十四郎たちには目もくれず、提灯の明かりで照らされた顔を十四郎たちに見せて店の中に入っていった。

中肉中背だが色が白く、前を見据えた目も鋭く、才智に長《た》けた人相をしていた。

「何者ですかね」

藤七が呟いた時、三次が出てきて帰っていき、次におわかが出てきた。

藤七は暗がりを小走りして、おわかを連れてきた。

おわかは手に小粒の入った懐紙を藤七に掴まされたらしいが、十四郎の顔を見ると表情を強張らせた。

「怖がることはないんだよ。少し話を聞きたいだけだ」

藤七は屋台の親父に蕎麦を頼んでやると、河岸に置いてある腰掛けにおわかを座らせた。

「なんでしょうか、お店のこと、あれこれ告げ口しては、女将さんに叱られます」

「分かった、手短に聞かせてもらいますよ。まず、さっき入った人だが」

「ああ、あのお方は難波《なんば》屋玄二郎《げんじろう》さんです」

「難波屋玄二郎……」

「新材木町《しんざいもくちょう》に渡来物の店を開いているお方で、女将さんのいい人です」

「なるほど、すると、なにかな、浪泉さんと知り合いかな」

「ええ、浪泉さんの主というか。なんでも昔玄二郎さんが小さい頃、玄二郎さんのお父さんがやっていたお店が潰れて、たくさんの奉公人たちも四散したらしいのですが、ご両親は亡くなり、残ったのが番頭さんだった浪泉さんと玄二郎さんだけだったようです。それで大坂の方で渡来物の店を始めて江戸に出てきたようなんです」

「すると、店に碁を打ちに来る人たちは……」

「ああ、あの人たちは皆骨董《こっとう》屋さんです」

「骨董屋……」

「ええ」

「骨董屋が碁を打つために集まっているというのか」

「さあ……私の知っているのはそれぐらいですから」

「いや、ありがとう。もう一つだけ……玄二郎という人は江戸にはいつ出てきたんだね」

「三年前と聞いています」

おわかはそう言って、屋台の親父が出した蕎麦を旨そうに啜ると、頭をさげて帰っていった。

「藤七、俺は浪泉が条三に言ったという話が、どうも気になるのだ。ひょっとして奴らの狙いはお登勢殿や万寿院様ではなく、楽翁様ではないかとな」

「お登勢様もそのように申しておりました」

十四郎は頷いた。

――すると、恨みの中身は……。

楽翁が行ったご改革に関することかと考えてみたが、なにしろ昔の話とあっては、十四郎には摑みがたい話である。

「十四郎様、なぜ二人は別々に暮らしているのでしょうか。浪泉は堀江町です。そしてあの難波屋は新材木町……」

藤七が思案の顔を向けた。

「何か訳があるな……計算された上でのことに違いない」

十四郎は玄二郎が入った『さらしな』の戸口を睨んだ。


「すまぬ。どうしても抜けられぬ吟味があってな」

北町奉行所の与力松波が、十四郎とお登勢、それに金五が待つ三ツ屋にやってきたのは、二日後の夕刻だった。

「こちらの方こそ、ご多忙を承知で厄介な調べをお願い致しましてすみません」

お登勢が座を勧めた。

松波は茶で喉を潤すと、

「まず、二十年以上も前の楽翁様の治世に、深い恨みを買うような処断を当時筆頭老中だった楽翁様、つまり松平定信《まつだいらさだのぶ》様が下した事件があったかどうかということでしたが……」

お登勢を見た。

「はい、私たちが知っているのは、賄賂《まいない》と汚職がはびこる田沼《たぬま》時代の腐敗を正すことを第一とした定信様の施政は、清廉《せいれん》そのものだったと聞いておりますから」

「そうだ」

と金五が続けた。

「俺たちはお互い幼い頃の話だが、親父の同僚先輩たちから聞いた話では、武士には文武の復興を口やかましく言い渡したので、尻を追い立てられるような思いもしたが、しかし、人事は厳しいが公平な判断の上になされたと聞いている。たとえば、汚職と腐敗にまみれた代官の首のすげ替えには厳しい態度で臨んだらしい。一にも二にも、百姓を守ることに尽力したのだ」

ここぞとばかり、金五は頭にある定信評を披瀝《ひれき》した。

すると松波が頷いて、

「そうです。百姓ばかりではありません。定信様の貧民救済の施策は二十年以上を経た今、さらに百姓町民の救いとなっています。たとえば、七分積金《しちぶつみきん》の制度だってそうです。町の運営はいざという時にも対応できるようになりましたし、天災に備えての米の備蓄、百姓でいえば凶作に備えた籾米の確保、これみな定信様のご尽力のお陰です」

　と続けたが、ただ……と皆の顔を見渡した。

「奉行所の記録の中に、ひとつだけ苛烈な処断を行った事例がありまして……」

「なんだ」

　金五が体を乗り出した。

「天野《あまの》屋という大坂に本店を置く米問屋があったのですが、主の利兵衛《りへえ》が定信様の施策に逆らったという罪で追放となり、当然店は闕所《けっしょ》、全ての財産は取り上げられておりまして」

「大坂の米問屋といえば全国から集まってくる米を捌くのだ。この江戸の問屋とは桁《けた》違いに大きい。なにしろ諸国の藩と直結した商いをやっていると聞いているが、天野屋もそういう店だったのか」

　十四郎が口を開くと、

「さよう、大店も大店、大坂でも三本の指に数えられるほどの商人だったらしい。当時天野屋利兵衛の名を知らぬ者は、この江戸でもいなかったそうです。なにしろ、大坂にある屋敷はむろんのこと、この江戸にあった屋敷でも、客間は床も天井もギヤマンだったそうですから……」

「まあ……」

お登勢が目を丸くした。

「床の下には、一抱えもあるような見事な鯉が数えきれぬほど泳いでいたそうです。それが座敷から覗けるのですから……ちょうどそのころ、御公儀が倹約のお触れを出し、商人には奢侈《しゃし》な暮らしを禁じ、商いにおいても必要以上の価格の値上げを禁じていたのですが、天野屋はそれを鼻で笑ってやりすごし、米を買い占めて莫大な利益をあげて贅《ぜい》を尽くした暮らしを続けていたのです」

「それなら闕所追放を食らっても当たり前じゃないか」

金五が憮然として言った。

松波は話を続けた。

「闕所金は三万両もあったと記録にありました」

「三万両……」

金五が声を上げたが、十四郎も驚いて、お登勢と顔を見合わせた。

「その三万両は、その後の百姓町民のお救い金として残されて、以後天災や飢饉《ききん》が起きるたびに、その金で数多《あまた》の人々を救ってきている……しかし、店を潰された者にとっては、楽翁様は敵……」

「ふむ……」

十四郎は腕を組んだ。

「それと、お登勢殿……お登勢殿を襲った浪泉とかいう男が、渡来物を扱う難波屋と関係があると聞いたが、間違いござらんか」

「はい、名を玄二郎というようです……何か？」

「難波屋には抜け荷の疑いがある」

「まことか、何の抜け荷だ」

金五が聞いた。

「清《しん》国、高麗《こうらい》はじめ他国からの禁制品です。長崎《ながさき》はじめ諸国の湊《みなと》で荷揚げされた禁制品は、いったん、大坂に集められ、闇の商人たちに売買される訳です。一年前に抜け荷の調べに大坂に出向いた隠密同心の報告では、ご禁制の品々が難波屋を荷受け人として大坂からこの江戸に発送されていることが分かりまして、一度手入れを行ったのですが、何も出てこなかったのです」

「どこかに隠しているのだ」

「ところが、しばらくしてその品が、この御府内の骨董屋から販売されたことが分かったのです」

「すると、どこかで骨董屋に密かに渡した、そういうことだな」

「そうだと考えています。しかし、それ以上は何も分かっていないのです」

松波が悔しそうに言った時、

「それだ……」

十四郎が呟いた。

「何だ十四郎、何か心当たりでもあるのか」

金五がせっつくような目を向けた。

「うむ、実はな……」

十四郎は、『さらしな』に碁を楽しみに来る骨董屋たちの話や、浪泉がすぐ近くに住んでいて頻繁に来ていること、女将は難波屋の女だということも話して、

「これは俺の推測だが、大坂から発送した荷物は、浪泉の家にいったん収められ、その商品を捌くのは、『さらしな』だとしたらどうだろう……」

松波を見た。

「塙さん……」

松波は頷いた。確信を得て興奮している声だった。

「しかも二人が、闕所を受けた家の者だとしたら……」

金五がきっと松波を、そして十四郎を見た。

「しかし、当時の記録では、天野屋の奉公人たちは離散し、主夫婦は丹波《たんば》の田舎で憤死したとあった」

「他に家族は……」

「そこまでの記録はない」

そうかと金五がため息を吐いた時、十四郎が言った。

「松波さん、定信様にその天野屋の悪事を調べて報告した者がいる筈だが、誰だか分かりませんか」

すると松波は、懐から走り書きした半紙を取り出し、

「ここに留め書きをしてきましたが、小野田平蔵とありました」

その紙を皆に見えるように膝前に広げて置いた。

「小野田平蔵……」

「定信様の御庭番だった人だと思われますが」

「……」

「知っているのか、十四郎」

金五が聞いた。

十四郎の脳裏には、茶飯屋『江戸すずめ』の主の顔が浮かんでいる。

「駒形堂の傍にある茶飯屋の主だ」

十四郎は言った。

四

吾妻《あづま》橋西詰の材木町《ざいもくちょう》に『えびす』という河岸地に建てられた小料理屋がある。

座敷の窓の障子を開ければ、隅田川の清流が望める景観のいい店である。

十四郎は座敷に通されるやすぐに窓の障子を開けてみた。

薄闇の中を、灯を灯した船が行き来し、手前の土手には黒々と見える茅《かや》の葉が靡《なび》いていた。

茅はこの頃には人の背丈ほども伸びていて、陽のある間は濃き緑を見せている筈だった。

十四郎は窓の桟《さん》に腰をかけた。

小野田平蔵を待っているのだ。

松波の話を受けて、二十年以上前の天野屋事件を詳しく聞こうと思ったのである。

それも急を要していた。

楽翁が用人の佐久間治左衛門《さくまじざえもん》を橋屋に寄越し、近々もう一度鐘ケ淵に行くから供をするようにと伝言を置いていったのである。

そこで先ほど、江戸すずめに立ち寄ったのだが、小野田はここで待っていてくれと十四郎を店から押し出すようにして言ったのであった。

店の板場には、女房だという女が一緒に立ち働いていたが、挨拶もそこそこに十四郎は店を出てきた。

小野田平蔵は、半月程前に会った時とは様子が違っていた。

――何があった……。

疑念が胸を覆い始めたその時だった。

「お待たせ致しました」

小野田平蔵がするりと入ってきた。

形は茶飯屋の主だが、座って十四郎を見た目は鷹のような光を放っていた。

「店の方は大事ないのか」

「女房に店を閉め、戸締まりを厳重にするように言ってきました」

平蔵は言い、女房は普段は小野田家の跡をとった嫡男と暮らしているが、時折
ああしてやってくるのだと言い、

「女房に戸締まりのことを念を押したのも、貴公にここで待つように申したのも、
近頃不審な人影が近辺をうろついているからです」

と言った。

「何……もしかして、楽翁様と店に立ち寄った頃からでは……」

平蔵は頷き、

「何かあったのですね……」

十四郎をひたと見た。

十四郎は、これまでの出来事を掻い摘んで話し、小野田平蔵がかかわった天野
屋の一件で、難波屋玄二郎や浪泉と名乗る男に思い当たる節《ふし》はないかどうか聞い
た。

「玄二郎は三十後半、浪泉は五十過ぎですか……」

首を傾《かし》げたが、はっとして顔を上げ、

「天野屋には番頭格の奉公人がたくさんいたのですが、目が大きくていま五十過

ぎだとすると、天野屋が大坂の日本橋《にっぽんばし》の袂で拾って育てたという惣助《そうすけ》という番頭ではないかと思われます」

「番頭の惣助……」

「可愛がられて三十過ぎて番頭になった男です。それとその浪泉が主と言っているのは、もしかして、天野屋の次男ではないかと……」

「……」

「なにしろずいぶん昔のことで、調べは全て『風聞書《ふうぶんがき》』にまとめて定信様にお渡ししたのですが、私の記憶では、天野屋には二人男の子がいましたが、一人は幼い頃に他界し、残っていたのが弟の方だったと思います……」

平蔵はそう言うと、

「天野屋に闕所の裁断が下りた時、私は天野屋の閉鎖を見届けるために大坂の日本橋の店に出向きました。踏み込んだのは大坂の町奉行所の役人でした……」

その日、天野屋の前の道には黒山の人だかりができていた。

人々は天野屋の非を声高《こわだか》に罵《ののし》って、懲らしめられる姿を見逃すまいと野次と怒号に満ちていた。

平蔵はその人垣の中から見守っていた。

天野屋に表の戸は開け放たれて、店の中が丸見えになっていた。

御公儀の、みせしめのためもあったのだろう、闕所の様子は公開されたのである。

店の一か所に天野屋夫婦、それに番頭などが集められて、与力が懐から奉書紙《ほうしよがみ》を取り出して、そこに記されている江戸大坂からの追放、さらに全財産の没収を言い渡すと、人々の間からどよめきが起こった。

主夫婦は呆然として座っていたが、番頭たちの中には深く頭《こうべ》を垂れて泣いている者もあった。

その中で、頭も垂れず、罪状を言い渡す与力を睨み据えていたのが若い番頭の惣助一人だった。

だが目を暖簾の脇に転じた時、そこに突っ立って拳を握りしめ、役人を睨んでいる十二、三歳の男の子を見た。

「塙殿……」

平蔵はそこまで話すと、十四郎をきらりと見て、

「その男児が天野屋の次男だったと思います」

十四郎は頷いた。

「しかし、定信様を恨みに思うなど逆恨みというものです。私は一年がかりで天野屋出入りの取引先、医者、庭師……様々な人たちの証言や内通を得て、天野屋が買い占めた膨大な量の米の備蓄先まで調べ上げていたのです。天野屋に言い逃れをする余地はなかった筈です」

「とはいえ、番頭とその子が、浪泉と玄二郎だとすると、今になって復讐しようとしているのだ。放ってはおけぬ。平蔵殿、あなたも気をつけた方がいい」

「へい」

平蔵は茶飯屋の親父に戻って言った。

「この歳ですから酒樽一つ転がすのさえままならない。しかし、わりない恨みをぶつけてくるのなら、受けて立ちましょう」

きっと見た。

「平蔵殿」

「楽翁様が狙われているのならなおさらです。ご自分が行った改革をよしとせず、いまだに恨んで復讐を考えている輩がいるなどと、そんな話がお耳に入ったら、どれほど悲しまれますことか……塙殿、もしや、このこと……」

「ご存じない。申し上げるつもりもない」

十四郎が言うと、平蔵はほっとした顔をみせた。

二人が『えびす』を出たのは、窓の外がすっかり闇に包まれたころだった。

二人は河岸沿いの土手の道を下って帰ろうとしたのだが、

「塙殿」

平蔵が険しい声を出して立ち止まった。

「ふむ……」

十四郎も先ほどから後ろを尾けてくる影に気づいていた。

二人が立ち止まると同時に、土手に生い茂る茅の中から抜刀した三人の浪人が飛び出してきた。

浪人たちは覆面をしている。

十四郎がちらりと後ろを振り向くと、こちらはやくざのような男二人で、足早に近づきながら、もう匕首を引き抜いている。

こちらも黒い布で頰被りしていた。

十四郎は鯉口《こいぐち》を切った。同時に無腰の平蔵が気になって見ると、平蔵は転がっていた竹の棒を握っていた。

さすがにもと御庭番、少しも動じる風はない。

「茶飯屋の主を襲うのに五人か……」

十四郎が構えて言うと、

「ふっふっ」

浪人の一人が笑うなり、

「みんな死んでもらうことになった」

そう言っていきなり斬り込んできた。

十四郎はその剣を右に弾いて躱して立ったが、浪人の言葉に不安を覚えた。

平蔵はというと、もう一人の浪人の刃を撥ねのけたところだった。

「平蔵殿、ここは俺に任せてくれ。店に早く……お内儀が危ない」

十四郎は横に並んだ平蔵に言った。

「かたじけない」

平蔵も同じ危惧を抱いていたらしい。十四郎の言葉に頷いた。

「死ね」

茅を靡かせる風と一緒に走ってきた浪人を、十四郎は一刀のもとに斬り捨てた。

浪人は、土手に生える茅の中に転がっていった。

二人の浪人が怯んだ。

「いまだ」

十四郎が声を上げると、平蔵は河岸の道を南に走り抜けていった。

十四郎は、平蔵が走り去った闇を背にして立った。

「こやつ、できるぞ……」

一人を斬り殺されたことで、浪人たちの方が気勢をそがれたようだ。

「こちらから行くぞ」

十四郎は右手に構える浪人に突進した。

一閃《せん》、二閃、その浪人が後退したその時、もう一人の浪人が斬りかかってくるのが見えた。

十四郎はすばやく反転して、打ちかかってきた浪人の手首を斬り落とした。

その刃の切っ先を、十四郎は肝をつぶして震えながら匕首を構えているやくざに向け、一瞬怯むのを見届けた後、ふたたび後退して構えている浪人に向けて言った。

「まだやるのか……今度は命はないぞ」

「ひ、引け」

浪人が口走ると、皆河岸地の路地に消え去った。

十四郎は刀を鞘に納めると、急いで江戸すずめの店に走った。


「これはいったい……」

江戸すずめに駆け込んだ十四郎は、入り口の戸は蹴破られ、障子は真っ二つに切り裂かれ、什器《じゆうき》が散乱している家の中で、ぐったりした女房を布団に寝かしている平蔵を見た。

「大事は……」

寝かされた女房の傍に膝をつくと、

「あなたのお陰で間に合いました。命だけは助けてやることができました」

「傷は……」

「腕を斬られておりますが、恐怖で失神したようです」

平蔵は、物入れからギヤマンの小さな瓶を持ってくると、瓶の口に詰めている固い布を取り、女房の鼻の近くに寄せ嗅がせた。

「お前さま……」

女房はううんと唸った後に目を覚まして、心配そうに覗いている平蔵を呼んだ。

「お沢《さわ》、すまぬ……」

平蔵は言った。

「良かった、気がつかれたか」

十四郎もほっとした。

するとお沢は、突然起き上がって、

「お前様、お許し下さいませ。お前様の命より大事なものを、大事なものを……」

お沢は、わっと泣いた。

「掛け軸のことか」

「はい。楽翁様から頂いた掛け軸をめちゃくちゃに……」

「何」

平蔵は手明かりをつけて、隣の部屋に走った。

十四郎も跡を追い、平蔵が照らす床の間の軸を見て息を呑んだ。

墨彩の風水画が刃物で十字に切られ、楽翁の落款《らっかん》に小柄《こづか》を突き立ててある。

平蔵は、力を失ったように、そこに座った。

「お前さま……」

お沢が入ってきて、平蔵の前に手をついた。

「お前のせいではない。守れなかった私のせいだ」

「平蔵殿、楽翁様は分かって下さる。奴らの狙いはこれだったのだ」

十四郎は二人の傍に腰を落とし、片膝をついた。

女房のお沢が、はっと気づいたように口走った。

「襲ってきたのは三人でした。皆顔を布で隠し匕首を持っていました。命令していたのは、上方訛りの目の大きい人でした」

「浪泉だな、平蔵殿」

「これで全て天野屋に関係する者の仕業と分かりましたな」

「許せぬ」

十四郎は立ち上がった。

その脳裏に、恨みに狂って手当たり次第に家の中をぶち壊していく浪泉の姿が過《よぎ》った。

五

十四郎が再び江戸すずめを訪ねたのは三日後のことだった。

今度は金五も一緒だった。

金五は松波から、楽翁の改革に陰ながら貢献した小野田平蔵の名を聞いて以来、ひそかに敬愛の念を抱いていたようで、平蔵の店が襲われた話を十四郎から聞くや、ぜひ見舞いかたがた会ってみたいと言い出したのだった。

十四郎が止めようとしたが聞かず、鉢植えの見舞いの品まで用意して、十四郎に案内させたのだった。

驚いたことに、店の戸口はすっかり修繕されていた。

だが、暖簾がかけられていないところを見ると、店はまだ開店していないようだった。

「これは塙殿」

すっかりもとの親父の顔をして平蔵は出迎えた。

「すっかり片づいたようですな」

「なに、ご覧の通りの粗末な家だ。壊されるのもたやすいが、直すのも早い」

平蔵は笑い、こちらは……という顔で金五を見た。

「近藤金五。俺の竹馬《ちくば》の友で、今は慶光寺の寺役人だ」

十四郎は二人を引き合わせた。

「店を再開するのは二、三日先です。酒ならありますが、やりますか」

「いや、何もいらぬ」

十四郎はそう言ったが、平蔵は茶を出してくれた。

自分も一服喫すると、

「それはそうと、私もあれから考えてみたのですが、奴らのこのたびの襲撃は、いわば宣戦布告、予告です。予告をするということは、そう遠くない頃に、楽翁様を狙うということだと考えますが……」

きらりと十四郎を見た。

「その通りでしょうな」

「しかし、浴恩園に押し入るのは、まず難しい」

「そのことですが、楽翁様が明後日、また釣りに行こうと使いを寄越された」

「それは、まことですか」

平蔵は驚いて聞いた。

十四郎は頷いて言った。

「奴らが狙ってくるのはその時をおいて他にはない」

「しかし……」

平蔵が険しい顔で詰め寄った。

「密かに釣りに出かけられる日程を、どうして知ることができるのですか」

「それが分からんから困っているのだ」

金五が言った。

「どこに参られるのですか、いつも……」

「この前行ったのは鐘ケ淵だ」

十四郎が答えた。

「鐘ケ淵ですか……」

平蔵は頭の中で鐘ケ淵の地形を思い描いているらしい。

すると、金五が口を添えた。

「俺も随分前にあの辺りに行ったことがあるが、あそこは江戸の外れで両岸は葦《よし》や低い雑木に覆われている。人家も近くにはない……」

三人は緊張した顔を見合わせた。

次の言葉を言うまでもなく、同時に立ち上がっていた。

駒形堂の前から船を借りて、釣り場に到着したのは一刻ほど後のことだった。

十四郎は、左手に綾瀬橋の見える大きな合歓木《ねむのき》が土手から水辺に伸びている辺りで船を停めさせた。

この辺りは合歓木の花が咲く頃には、わざわざ船を仕立てて見物に来るらしいが、今は濃き緑が茂るばかりで、もっぱら釣り人の好む場所として知られている。

「なるほどな、ここなら釣れそうだ」

金五が言い、三人は船を下りて堤に立って見渡した。

三人が立っているのは、川の西側である。ずっと川に沿って細い道も通っていて、在所の百姓や釣り人たちの往来もある場所だ。

一方対岸は、水辺まで葦が茂り、葦の後ろには灌木《かんぼく》が続いている。

そして川幅は十二間（約二二メートル）余、遠く左手の辺りには綾瀬橋が架かっているのが見えた。

「もしも襲ってくるとすれば、この堤からということか……」

金五が振り返って堤を眺めた。

「いや、私が人知れず襲うとすれば、むこう岸からですね」

平蔵が言った。

「むこう岸から……」

「そうです。ここはご覧の通りの人家も見えない寂しいところで、どこで襲われても不思議はありませんが……」

と言い、しゃがんで石をつかんで背後の草むらに投げた。

小さな鳥が、びっくりして飛び上がった。

「下手に襲うと潜んでいるのを野鳥が知らせてしまいます。船の傍で釣りをしていれば、それを見てすぐに船で逃げることができる」

「なるほど……」

金五は感心して頷いた。

平蔵は対岸を指して言った。

「あの葦原に小さな舟で来て潜み、こちらを狙い撃ちできます」

「狙い撃ち……まさか飛び道具は使えまい。音がすればすぐに捕まる。なにしろこの辺りは鳥の保護地だ。近くには丹頂の池もある。ここで狩りができるのは将軍家と御三家ぐらいなものだろう」

「その通りです。ですから使うとすれば、弓矢でしょうな」

「矢か……」

三人は注意深く辺りを見ながら、綾瀬橋に向かった。

橋手前の川縁に小屋が建っていて、そこに向かったのだ。

小屋では百姓上がりの老人が、小遣い稼ぎに釣りの餌を売っている。

十四郎たちも前に釣りに来た時には、浴恩園の若党《わかとう》が前日に老人から餌を買い上げてあったから、小屋に立ち寄ってその餌をもらい釣りに出た。

その老人なら、何か聞けるかもしれないと思ったのだ。

はたして、老人は小屋の前でかがみ込んでなにやらやっている。

小屋の前には『えさあります。お茶あります』の紙が、突き立てた丸太に貼りつけてある。

「何をしてるんだ……」

十四郎は言いながら、老人の手元に白い羽が見えたのが気になった。

三人は堤を下りた。

「やっ」

金五が声を上げて老人に言った。

「おまえがやったのか」

老人は小鷺《こさぎ》の胸に刺さった矢を抜こうとしていたのだ。小鷺はぐったりして、もう死んでいるようだった。

「滅相《めっそう》もございません。この辺りで鳥に矢を放つなど、命がいくつあっても足りやせん」

老人は手を大げさに振って否定した。

「ならば、その小鷺はどうしたのだ」

「へい、あっしはここで釣り人に餌を売っておりやすが、小鷺の鳴き声を聞いたものですから小屋の表に飛び出しました。いつもこの小屋の周りに遊びに来ていましして、あっしも時々餌をやっておりやしたから……」

「外に出たら小鷺が矢で射抜かれていたというのか」

十四郎が聞いた。

「へい、ひでえことをしやがる、どこのどいつだと川を見渡しましたが……」

「何か見たのか？」

「いいえ、見えたのは綾瀬橋の下をくぐって隅田川に出ていく猪牙舟《ちょきぶね》で、他には何も……」

「爺さん、もうひとつ聞きたいのだが、この月の初めに俺が餌をもらいに立ち寄ったのを覚えているか」

「へい、浴恩園のお侍さんが前日お買い上げ下さった餌をお渡しした方でございやすね」

「そうだ。あの後、見知らぬ者に俺たちのことを聞かれたことはなかったか」

「そういえば……浴恩園からまた餌の買い上げがあった時には教えてくれって……」

「何……」

「それが何か……」

十四郎は、凍りついたような顔をしている平蔵、金五と見合わせた。

「堪忍して下さいやし、どうしようもなかったんですよぉ。いてててて、は、放して下さいやし」

藤七に引っ立てられるようにして、粂三が和国《わこく》橋の袂に連れてこられたのは、その日の夜だった。

ずっと浪泉の家に軟禁状態になっていたのを、夕刻浪泉が出かけていった隙に、藤七が強引に連れ出したのだった。

「だ、旦那……」

条三は、灯籠の光に照らし出された十四郎を見て、逃げようと踵《きびす》を返した。

だが、

「そうはいかんぞ」

藤七に襟首を摑まれて、引き戻された。

「条三！」

十四郎は、いきなり条三の頰を張った。

条三は、ふっとばされて、重たい音を立てて腰から落ちた。

「な、何するんですか」

「まだ目が覚めんのか、条三……」

十四郎は条三の襟を摑んで引き寄せると、

「死ななきゃ分からんようだな」

「と、とんでもないです、旦那」

「お房の哀しみを分かっているのか……親父さんの苦労を分かっているのか、条三」

「分かっています、分かってるんですが」

「ではなぜ、奴らの、悪の口車に乗せられる」

「恐ろしくて抜け出せねえんですよ、旦那……どんな目に遭うかと思うと足が竦《すく》んじまって……」

「ひとつ聞きたいことがある。正直に言うのだぞ」

「も、もちろんです、旦那」

「三日前、駒形堂近くにある茶飯屋を襲って、そこの女房を殺そうとした輩がいたが、お前、まさかその仲間の一人ではないだろうな」

「し、知らねえ」

　条三は、激しく首を横に振った。

「もうひとつ聞く。今日猪牙舟を漕いで綾瀬川に行ったのは、お前か」

「………」

「おい。その者は禁じられている小鷺を矢で射て殺している」

「勘弁してくだせえ、あっしは、言われたことだけを」

「だから舟を漕いで男を運んだのだな」

「へい……」

粂三は、しゅんとなった。

「全て正直に話すのなら許してやろう、全てだ」

十四郎は厳しい声で言い、粂三を睨んだ。

粂三は頷くと、

「今朝でした。浪泉の旦那に、いよいよお前の出番が来たと言われやして……」

粂三は、浪泉と、もう一人の総髪の浪人を乗せて綾瀬川に舟を漕いだ。

浪人は浪泉が左近《さこん》と呼ぶ男で、浪泉の家にも何度か来ていた。

総髪で目尻の吊り上がった男で足を引き摺《ず》っていたが、弓の腕は免許皆伝だと浪泉に自慢していた男だった。

左近は舟に乗り込む時に、長いものを布に包んで乗せていた。

綾瀬川に舟が着くと、浪泉は舟を葦の茂みに入れるように粂三に命令した。

そこで対岸にじっと目を注いだ浪泉は、汀《みぎわ》に小鷺がいるのを見て言った。

「左近さん、あれが射れるかね」

左近はにやりと笑うと、包みから弓矢を出して、力一杯弦《つる》を引いた。

矢は、勢いよく飛んで、小鷺の胸に命中した。

「よし、左近さん、次の的はもっと大きい。しくじらないように頼みましたよ」

浪泉が言うと、

「まかせておけ、それより約束は守ってもらうぞ」

左近はぎらりとした目で浪泉を見た。

──何が始まるんだ……。

粂三は、ただ恐ろしくて震えていた。

「旦那、これで全部です」

話し終えた粂三は恐る恐る言い、

「あっしにも今日、ようやく浪泉の旦那がやろうとしていることの見当がつきやして、どうしたら逃れられるか考えていたところでございやす。旦那、助けて下さいやすね」

粂三は十四郎に取りすがった。

「きっと助けてやる。助けてやるから、いいか、奴らの言う通りにしろ」

「へっ……」

粂三がきょとんとした顔をした。

「いいから、俺の言う通りにするんだ、いいな」

十四郎は念を押した。

六

翌日早朝のことだった。

網代笠に袖無し羽織、気楽な隠居の釣り姿で楽翁と用人らしき男が浴恩園を出てきた。

二人は築地《つきじ》川安芸《あき》橋に待たせていた屋根船に乗った。

船が岸から離れていくと、二人のやくざ風な男がひょいと姿を現して船を見送り、二人は頷き合うと一方に走り去った。

そんなことを知ってか知らずか、楽翁を乗せた船は隅田川を上り綾瀬川に入り、綾瀬橋袂の爺さんの小屋で餌を受け取り、合歓木が枝を張っている鐘ケ淵に落ち着いた。

早速二人は糸を垂れる。

霞《かすみ》がかかってはいるが、天気は良い。

ゆったりと時間が流れ始めたように見えた。

一方で十四郎と平蔵は、爺さんの小屋に入って、浪泉たちが舟で現れるのを待っていた。

楽翁が合歓木の下に陣取って一刻、粂三が漕ぐ舟が綾瀬川に入ってきた。

粂三が言っていた通り、舟に乗っているのは宗匠頭巾の浪泉と、総髪の浪人が一人、舟はまもなく葦の茂みの中に入っていった。

葦の中に入ってしまうと、こちらからは捉えようがない。

だが十四郎は粂三に、浪泉たちに気づかれぬよう、舟の棹《さお》を上に突き出して振るように言い聞かせてある。

十四郎と平蔵は、竹の先に赤い布をつけたものを持ち、川の西側の堤のくぼみを利用して楽翁の船が停まっているところに走った。その目は葦の中を捉えていた。

「塙殿」

平蔵が立ち止まって前方を顎で指した。

葦の林から長い棹一本が突き出て揺れた。

そこに粂三の舟は停止したということだ。

予測では、まもなく矢が楽翁めがけて飛んでいくに違いない。

と、一本の矢が、楽翁の船にぶすりと刺さった。

十四郎は、それを待っていたように、竹の先につけてあった布を掲げた。

すると突然対岸の灌木の間から、捕り方たちが湧いてくるように現れた。

いっせいに粂三が棹を振った辺りに押し寄せていく。

慌てて粂三の漕ぐ舟が出てきた。

「追え、逃がすな」

松波が大声を上げている。

葦の原に隠してあった猪牙舟が三艘走り出てきた。

舳先には『御用船』の旗が揺れている。

浪泉が喚いているらしく、大きく手を振って粂三に声をかけているのが見えた。

粂三が漕ぐ舟は、上流に向かうつもりのようだ。

綾瀬橋に向かって走っているが、対岸から出てきた御用船に押されて、粂三が漕ぐ舟は西の岸側を走らざるを得ない。

御用船は、まるで鯨でも追い込むかのように、浪泉たちを追っていく。

粂三の漕ぐ舟が綾瀬橋にさしかかった時、

「わーっ」

浪泉の悲鳴が聞こえた。

橋の上から投網がいくつも落とされたのだ。むろん落としたのは橋の上に潜んでいた捕り方だった。

舟が網にかからずとも、垂らした網で行く手を遮ることができる。

旋回しようとすれば、御用船が追ってきているから、浪泉たちの逃げる術《すべ》はない。

——かかったか……。

期待して見た。

だが、浪泉と左近は舳先にかかった網を切り捨て、舟を西の堤に寄せると、這うようにして土手に下りた。

十四郎と平蔵が二人に飛びかかった。

十四郎は、浪泉の胸を摑むと、一発、二発、殴りとばした。

「悪あがきはやめろ、何もかもばれているのだ」

浪泉の頭巾を取った。

浪泉は鷲鼻の白目の大きい男だった。

その目に額の血が滴り落ちた。だが浪泉は血の滲んだその目で十四郎を睨みつけたのだった。

平蔵もなんなく左近を押さえたらしく、もう後ろ手に縛り上げていた。

松波が捕り方を引き連れてやってきた。

そこへ楽翁の船が近づいてきて、楽翁も用人も土手に下りた。

「ふっふっ……」

笑いとともに楽翁が笠を取った。

藤七だった。

そして用人も笠を取った。

こちらは金五だった。

ぎょっとして唇を噛む浪泉に、

「これで終わりだな、お前たちも……楽翁様のお命を狙ったばかりか、抜け荷までやるとはな……」

金五が浪泉の耳元に言った。

「引っ立てい！」

松波の声が凜々《りんりん》と響いた。

「いや、まずは一献だな、大事に至らなくてよかった」

金五が立ち上がってみんなを見回して乾杯した。

すっかり改修された江戸すずめの店である。

事件が解決して、平蔵が皆を招待したのだった。

十四郎、お登勢、藤七に伊勢吉、そして金五と松波、お民もお登勢のお供としてくっついてきた。

それだけ集まれば、店は一杯になった。

「いや、それにしても、楽翁様に嘘をつくのは大変だったぞ」

金五は、手柄のひとつだと言わんばかりに胸を張った。

実際、楽翁の用人を抱き込んで衣裳を借り、楽翁には、

「たいへん申し訳ないことですが、十四郎は万寿院様の急な御用でお供できなくなりました」

などと申し上げ、渋る楽翁を納得させたのは金五だったのだ。

用人も昨日橋屋にやってきて、本当に冷や汗をかいたと言っていた。

楽翁に余計な心配をかけたくない、そういう気持ちで楽翁には内緒にしたのだが、

「それにしても十四郎め、つきあいの悪い奴だ」

楽翁に未練がましくぼやいていたというから、次に会った時何を言われるか、十四郎は正直気にかかる。

「とにかく、楽翁様に気づかれずによかった」

金五が言い、盃をぐいと空けた時、

「何のことだ、わしをのけ者にするでないぞ」

入ってきたのが、用人を連れた楽翁だったから驚いた。

「皆でここに集まって、なんの相談か」

楽翁がお登勢に聞いた。

「ええまあ、それが……」

しどろもどろのお登勢である。

「十四郎、万寿院様の御用は済んだのか」

じろりと今度は十四郎を見た。

「はい、終わりました」

「ならば、また釣りに行けるな」

「はい」

「今度は断るでない」

「そう致します」

十四郎が頭を下げると、

「この男は魚を捌くのもうまいが、ひょっとこ踊りもうまいぞ」

平蔵を指して言った。にこにこしている。

「楽翁様、あれは昔の話ですから」

「なんの。ここで披露しろ」

「でも、太鼓の音が」

と言ったところに、

「おまえさま、楽翁様のせっかくの仰せです。わたくしが打ちましょう」

なんと女房のお沢が出てきた。

平蔵は、渋々奥に入るとまもなく、ひょっとこの面を被って出てきた。右手には釣り竿、左手には魚籠を持っている。

「よおーっ」

お沢が、トントコトントコ小太鼓を打ち始めた。

すると、

「ひょっとこ、ひょっとこ……ひょっとこ、ひょっとこ、釣れるかな、釣れぬかな……あっちだ、ひょっとこ、こっちだ、ひょっとこ」

平蔵は腰を振って踊る。

皆、くすくす笑いながら手を叩く。

その時だった。

「わーっはっはっはっ、ぎゃははは、くくく」

お民が腹を抱えて笑い出したのである。

「お民ちゃん」

お登勢は楽翁の手前、窘《たしな》めるが、

「だってお登勢様、おかしい……ははは、万寿院様に見せてあげたい、くくく」

「お登勢、なんとかならんのか」

金五が言った。

「申し訳ありません。なにしろ年頃で、何を見てもおかしいようで……」

「まったく、俺も昨日笑われたぞ。俺の顔を見て突然笑い出したのだ」

「許してやれ」

楽翁が片目をつぶってにこっと笑った。

――そういえば、お房は少し粂三を見直したようだったな……。

十四郎は、ふと昨日お登勢と一緒にお房に会った時のことを思い出していた。

その時お房に、粂三が心を入れ替えて一からやり直すと言い、仕事に精を出していると告げてやると、お房がふっと切ない表情を見せたのである。今まで見たこともない粂三への思いを見たような気が十四郎はした。

――元に戻ると言い出すかもしれぬな、お房は……。

そう思ってお登勢を見た。

お登勢は、平蔵の踊りを見て、袖で口元を押さえて笑っている。

その白い首が、店の明かりに艶《なま》めかしい。

十四郎は、慌てて目を逸らし、ひょっとこの面を見た。

二〇〇八年四月　廣済堂文庫刊

光文社文庫

長編時代小説
さくら道《みち》 隅田川御用帳《すみだがわごようちょう》㈩
著者 藤原緋沙子《ふじわらひさこ》

2017年5月20日 初版1刷発行
2024年2月10日 3刷発行

発行者 三宅貴久
印刷 大日本印刷
製本 大日本印刷

発行所 株式会社 光文社
〒112-8011 東京都文京区音羽1-16-6
電話 (03)5395-8149 編集部
8116 書籍販売部
8125 業務部

ISBN978-4-334-77475-2 Printed in Japan

組版 萩原印刷